EL RELATO DE GÜNTER PSARRIS

Albert Salvadó

Dedicado a todas las personas de buena voluntad.

ISBN: 978-99920-1-934-4
Depósito legal: AND.208-2012

© **Albert Salvadó** ®

www.albertsalvado.com

Diseño de la cubierta: Sarabia Photo

ÍNDICE

El NAZI..5

1 - LAS DOS DECISIONES....................................21

2 - KRISTALLNACHT..26

3 - El REICH DE LOS MIL AÑOS............................51

4 - VIENA...74

5 - JOHANNES HULMMER...................................88

6 -UN HECHO INSÓLITO.....................................98

7 - El OLOR DE LA MUERTE...............................118

8 - GUIMU...135

9 - LA INMENSA SOLEDAD................................152

10 - El PRECIO DE LA LIBERTAD........................171

11 - BLANCO Y ROJO..181

12 - ROJO Y NEGRO...195

13 - ÚLTIMOS DÍAS DE VIENA...........................211

14 - El FINAL DEL CAMINO................................222

EPÍLOGO..231

OTRAS OBRAS DE ALBERT SALVADÓ..................234

El NAZI

En el pueblo de Martinet, a comienzos de noviembre, durante las primeras horas de la mañana, el termómetro se mantiene a temperaturas bajas. El día amanece con una ligera niebla y el río Segre se va llenando con las lluvias del otoño; el sol aún tardará algunas horas en acariciar al paseante que, cuando el astro rey despunta, sale a recibirlo. Únicamente los coches que atraviesan la población recuerdan que se trata de un pueblo que retornará a la vida tras una noche que alarga su reinado a medida que se acerca el solsticio de invierno.

El Seat Ibiza dejó atrás Can Boix y aminoró la velocidad cuando ya presentía el semáforo, el guardia metálico que detiene momentáneamente todos los vehículos, sin excepción, para recordarles que acceden a un núcleo urbano y que deben conducir con prudencia. Inmediatamente después del semáforo el vehículo giró a la derecha, y allí se detuvo. Martinet es un pueblo atravesado por la carretera, donde los viajeros se detienen para comprar una coca que ya es famosa. Sin embargo, lo hacen cuando los comercios ya han abierto, y a aquella temprana hora todo permanecía cerrado.

El doctor Alzina, un hombre de casi cincuenta años, moreno, medio calvo y con gafas, se apeó y miró a las dos personas que había unos pasos más allá.

Josep Bringué le aguardaba en compañía de su esposa María, la mujer que regenta el pequeño comercio de ultramarinos que hay al pie de la carretera general, junto a la oficina bancaria. Es un hombre fuerte, de aspecto saludable y unas mejillas sonrosadas.

—Llegas tarde, médico —fueron las primeras palabras que escuchó el doctor.

Él y Josep se conocen desde hace años. Por esa razón Josep le trata con tanta familiaridad.

—Buenos día, doctor —saludó María.

—Buenos día, María —respondió el doctor Alzina. A Josep ni le había mirado. Entonces dirigió sus ojos hacia Josep, que cuenta, poco más o menos, con su misma edad, y que vestía una cazadora muy abrigada—. No soy el último en llegar —añadió quejándose del recibimiento.

—¡Anda ya! —exclamó Josep—. El empresario ha llegado.

—¿Ah, sí? ¿Y dónde está?

—Ha ido a aligerar el jugo de las aceitunas. Mira que te lo tengo dicho. Los robellones no esperan. Es mucha la gente que...

En aquel instante apareció otro hombre. Llevaba un anorak, una gorra, guantes y unas buenas botas. Todo de marca, como corresponde a un hombre de ciudad que goza de una cómoda posición y que visita la montaña. Cuarenta años, de un metro setenta, pelo castaño, bien cortado y veteado de hilos plateados en las sienes que le dan un aspecto interesante, al decir de las mujeres.

—Te presento al médico —dijo Josep, dirigiéndose al hombre que acababa de llegar.

—Encantado —Le dio la mano una vez se quitó el guante.

—Éste es el empresario —Siguió Josep con las presentaciones.

Él nunca llama a nadie por su nombre. Para él, son el carpintero, el empresario, el médico, el mosén,... Mucho más sencillo.

—Salvador Alzina —dijo el médico, mientras apretaba la mano del recién llegado.

—Lluís Cadena —sonrió el otro—. Josep me ha hablado mucho de usted. Dice que es un buen buscador de setas.

—De tú, por favor —le devolvió el médico la sonrisa.

—¡Qué! ¿Estamos por lo que estamos o nos quedamos aquí de palique? —cortó Josep la conversación, desesperado.

No le agrada perder el tiempo y, como repite a menudo, los robellones no esperan. El médico ya le conoce y no le hace caso. Protesta por cualquier motivo, pero es un buen hombre. Si algún día necesitas que alguien te eche una mano, él será el primero en ofrecerse.

—No olvides el aceite para Guimu —dijo María.

—No, mujer —respondió Josep, arrastrando las sílabas.

Las mujeres... ¡Siempre las mujeres! Tienen que controlarlo todo, tienen que estar al quite de todo, tienen que recordarlo todo cincuenta veces... ¡Ni que los hombres fuésemos idiotas!

—Te conozco como si te hubiese parido —le amenazó María, alzando el dedo índice, como si hubiese leído sus pensamientos. Entonces miró al doctor Alzina—. ¿Procurará usted que le dé el aceite...?

A pesar de que se conocen desde hace tiempo, María siempre ha tratado de usted al médico, y el doctor Alzina ya ha desistido hace años de rogarle que le tutee. No hay nada que hacer. Eso de ser médico impone un cierto respeto y María es más joven que su marido. Diez años, cuando menos. También buena mujer.

—¡Sí, mujer! —exclamó Josep, y se dirigió al Nissan. No valía la pena seguir allí.

—No te preocupes que ya me encargo yo, de que cumpla —sonrió el doctor Alzina.

—¡Venga, hombre! Que ya andamos tarde —exclamó Josep.

—Por lo menos aguarda que tome el cesto —replicó el médico.

Josep sopló con fuerza y el doctor Alzina se dirigió hacia el Ibiza, tomó el cesto y el bastón y regresó de inmediato.

Los tres hombres subieron al Nissan y María esperó hasta que enfilaron la carretera, camino de Bellver. Entonces regresó a su casa a preparar el desayuno del niño. Poco después le despertará para ir a la escuela y más tarde abrirá la tienda, como cada día.

Dentro del Nissan el médico y el empresario conversaban, mientras Josep permanecía en silencio. Ahora se contarán la vida, pensaba. Y él ya las conoce, ambas vidas y milagros. El doctor Alzina hace quince años que tiene abierta consulta en la Seu d'Urgell. Un hombre muy conocido por los feligreses de la parroquia, como dice Josep, y muy estimado. «No es un buen año de robellones», meneó la cabeza a un lado y a otro. No había llovido cuando debía y el bosque estaba seco, aunque en los últimos días habían caído un buen par de chaparrones. Pero no es suficiente. «Si la naturaleza no hace lo que debe cuando debe... ¡Mal asunto!». Como había oído decir a su padre: «Dios perdona siempre, los hombres a veces, pero la naturaleza nunca». Sin embargo, algo encontrarían. Podían haberse dirigido hacia el Sur, hacia la sierra del Cadí, pero él había preferido buscar otro lugar que conocía más hacia los Pirineos. Allí no habría tanta gente y por la hora que era... «Los médicos quieren dar la impresión de que nunca tengan prisa. Y después te echan la bronca porque no has ido a verlos cuando según ellos tenías que haber ido».

A Lluís Cadena le conoce porque el empresario posee una casa en Puigcerdá y él le ha hecho algunos apaños. Josep trabaja de albañil a horas perdidas, cuando no puede trabajar en el campo. Poco a poco fueron intimando, hasta que un día Josep le invitó a «cazar» robellones. Josep, a pesar de su carácter, a menudo huraño, hace amistades con facilidad. Parece un contrasentido, pero es así.

En aquel momento el empresario explicaba al médico que ocupa el puesto de gerente en una empresa de accesorios para automóviles, cerca de Martorell. Trabaja sobretodo para la Seat. Antes tenía su sede en Barcelona, pero cuando la Volkswagen se hizo con la empresa española, tuvo que tomar algunas decisiones, por sugerencia de la propia Seat. Había que rebajar costes. Ésas eran las nuevas consignas. De manera que buscó unos terrenos industriales en Martorell e hizo una importante inversión para modernizar todo el proceso de producción y ahorrarse buena parte del transporte. Vive separado de su esposa. «Son coses que suceden», dijo. Y Josep asintió en silencio.

—¿*Sprechen sie Deutsch*? (¿Habla usted alemán?) —preguntó de pronto el médico.

—¡*Jawohl*! (¡Sí, señor!) —respondió Lluís.

—¡Queréis hablar en cristiano! —se quejó Josep—. No pierdes nunca la ocasión de demostrar que estudiaste con los cabezas cuadradas —dijo dirigiéndose al doctor Alzina.

—¿Estudiaste en Alemania? —se interesó Lluís.

—En el colegio alemán de Barcelona.

Sí, sí. Josep ya conoce la historia, y giró a la izquierda en el cruce de Prullans para dirigirse a Ardóvol. Allí dejarían el Nissan y subirían a pie hacia el Nordeste. Habría podido llegar a Bellver y tomar el camino de Talltendre, que resulta más fácil para caminar, pero iban escasos de tiempo por culpa del médico. De manera que le obligaría a soplar un rato. «¿No dice que eso de la montaña y del bosque es muy sano? ¡Pues, andando, que es gerundio!», exclamó en su interior.

—¿Has traído navaja? —preguntó Josep al empresario, cuando había detenido el Nissan y se disponían a partir.

—¿La necesito? —preguntó Lluís.

—¡Cojones con los de ciudad! —exclamó Josep. Él es así. Habla tal como siente y piensa—. No me digas que nunca has ido a cazar robellones.

—¡Pues, no! Nunca he ido buscar robellones.

—Los robellones no se buscan. Se cazan —corrigió Josep. Removió en la guantera y le tendió una navaja—.

10

Sois vosotros, los que destrozáis el bosque. El robellón hay que cortarlo por la base. Nunca hay que arrancarlo. Por eso se caza —repitió.

El doctor Alzina sonrió. «Sí, Josep posee un carácter huraño. ¡Menos mal que es una gran persona! En caso contrario, se quedaría más solo que la una».

En estas tierras, a los de ciudad les consideran unos lerdos en cuanto se refiere a la montaña. El empresario tampoco llevaba bastón ni cesto. Había tomado un par de bolsas de plástico que de nuevo levantaron las protestes de Josep, cuando las vio.

—Toma, un cesto —dijo, agarrando uno de los que llevada en el portaequipajes—. Si los metes en una bolsa los aplastarás. Supongo que, cuando menos, sabes andar.

—¡Qué! ¿Hoy te has levantado con el pie izquierdo? —rió el doctor Alzina.

—¡Coño! Que cuando vas a la montaña, hay que ir preparado —exclamó Josep, mientras cerraba el Nissan.

Poco después los tres hombres tomaban el camino que asciende por la montaña. Josep abría la marcha, el empresario le seguía y el médico cerraba la comitiva.

No habrían dado ni doscientos pasos cuando el doctor Alzina preguntó:

—¿Te has acordado del aceite de Guimu?

—¡Mierda! —exclamó Josep, y se detuvo en seco. Miró hacia el Nissan. ¡Menos mal que no estaba demasiado lejos!—. Seguid, ya os alcanzaré —dijo, y descendió por el prado en dirección al vehículo.

El doctor Alzina respiró hondo. Josep suelta una palabrota cada vez que abre la boca. Eso forma parte de él, de la misma manera que los árboles forman parte del bosque. Miró hacia arriba, hacia los pinos que se veían más allá. Josep les alcanzaría enseguida.

—¿Quién es Guimu? —preguntó Lluís, cuando ya habían reanudado la marcha.

Hacía rato que pensaba en aquel hombre que todos mencionaban. En aquel momento andaban uno al lado del otro y no llevaban el ritmo que les imponía Josep.

—Un personaje harto curioso —sonrió el doctor Alzina—. Es un hombre mayor, muy mayor, que vive en lo alto de la montaña. Debe tener más años que Matusalén, y vive solo en una cabaña que él mismo ha construido.

—¿Y de qué vive?

—Cobra una pequeña pensión, porque fue pastor. Un pastor muy especial. Cuentan que apareció un buen día, allá por años cuarenta, justo al final de la Segunda Guerra Mundial, y aquí se quedó.

—¿No es de por aquí?

—No —negó el médico—. Y nadie sabe ni de dónde es ni de dónde vino. Hacia los años cuarenta le encontró un pastor, medio muerto de frío, en lo alto de la montaña. Andaba perdido y no hablaba nuestra lengua.

—¿Y cómo es que se quedó aquí?

—Una historia divertida. La guardia civil le detuvo, pero sólo durante un par de días. Por lo que sé, Guimu había hecho buenas migas con el mosén, que, tan pronto como se enteró de la noticia de su detención, se fue a ver al obispo de la Seu d'Urgell. Ya sabes que, en aquella época, la Iglesia tenía mucho mano. Nadie ha sabido jamás qué le dijo aquel mosén al obispo, pero lo cierto es que el gobernador militar de Lleida hizo una llamada a la guardia civil y les ordenó que le dejasen en paz. No hacía ningún mal a nadie y se pasaba el día contemplando las montañas y echando una mano al pastor que le había encontrado. De manera que, desde entonces ha vivido en estos parajes y nadie le ha molestado. Lo más curioso de todo es que es un hombre instruido. De eso no me cabe la menor duda. Ahora habla catalán y castellano como tú y como yo y le he visto en diversas ocasiones con libros de historia bajo el brazo.

—¿Qué nombre es Guimu?

—Pues, Guimu. Ya te he dicho que se trata de un caso muy especial.

Lluís iba a formular otra pregunta, pero en aquel momento llegó Josep.

—¡Si casi no os habéis movido! —exclamó.

—Lluís me preguntaba por Guimu. Quizás tú sabes por qué le llaman así —dijo el médico.

—Siempre le hemos llamado así.

—¿Pero, es nombre o apellido? —preguntó Lluís.

—¡Y yo qué sé! —se encogió Josep de hombros—. Cada mes el banco recibe una pensión a nombre de Guimu, y nadie hace preguntes. Ni la Seguridad Social.

—En Martinet sois gente extraña —murmuró Lluís —. ¿No os pica la curiosidad?

—No —negó con la cabeza Josep, como si cualquier otra respuesta estuviera fuera de lugar—. No hace ningún mal a nadie. Y yo desde que tengo uso de razón, siempre le he visto igual. Es Guimu, el pastor. Ya es suficiente. ¿Qué más quieres saber?

—Pues, de dónde vino, por ejemplo.

—¿Y cuando lo sepas, qué harás? ¿Serás más feliz? —meneó Josep la cabeza a derecha e izquierda, e hizo chascar la lengua—. ¡Los de ciudad! —exclamó, y siguió andando.

13

La dificultad del camino se incrementó y la respiración de Lluís se alteró hasta el extremo que resoplaba como un fuelle. Entonces Josep sacó la navaja, tomó la rama de un árbol, la desnudó de hojas y se la entregó.

—¿Ves para qué sirve una navaja? I ahora también sabrás para qué sirve un bastón.

Hacía ya una hora que se habían puesto en camino, pero Josep no se detenía ni un instante ni aminoraba la marcha y Lluís ya había preguntado en tres ocasiones dónde se escondían los malditos robellones.

—Si no llueve cuando debe, tus malditos robellones se esconden y hay que moverse mucho más —dijo el médico, con una sonrisa—. Pero, ya daremos con ellos. Y, si no, podemos preguntarle a Guimu.

—¿Falta mucho para la cabaña de ese pastor? —preguntó Lluís, respirando hondo.

—No estamos muy lejos. Allí podrás descansar un rato.

Poco después, apareció un claro en el bosque. En mitad de un prado se alzaba una cabaña rústica, construida con piedras y barro. No se veía a nadie.

—Quizás Guimu ya hace rato que se ha levantado y ha ido a hacer nuestro trabajo. No, si ya lo decía yo: que uno no puede subir a la montaña con un médico al que se le pegan las sábanas —se quejó en Josep.

—Seguro que está dentro —respondió el doctor Alzina, con la cantinela que utilizas cuando quieres tapar la boca a alguien, cuando le dices que ya es suficiente, que ya estás harto de sus quejas.

Llegaron a la puerta de madera vieja. Lluís descubrió que carecía de cerradura.

—¡Guimu! —llamó Josep. Pero no recibió respuesta alguna.

Empujó la hoja de madera y la claridad de la mañana iluminó la estancia.

Entró con timidez. Detrás de la puerta abierta había una cama. Y allí le descubrió.

—Guimu —repitió Josep. Esta vez con voz queda. Y se acercó hasta aquel cuerpo, para despertarle. Le tocó el brazo.

El doctor Alzina, al ver la expresión que ponía Josep, entró. Guimu estaba en la cama, con la espalda medio apoyada en la pared, como si reposara. Se acercó y le tomó el pulso.

—¿Está... muerto? —escucharon la voz de Lluís, cohibido, que también había entrado en la cabaña.

—Sí —respondió el doctor Alzina—. ¡Pobre! Yo diría que no hace ni una hora que ha muerto.

—¿Te das cuenta? —meneó Josep la cabeza a derecha e izquierda—. Si hubieses llegado cuando debías, quizás hubiésemos podido salvarle.

—Y si tú no hubieses olvidado el aceite y si el sol hubiese salido más temprano y si él hubiese tenido el ataque más tarde y si el mundo fuese cuadrado... —le contestó el médico, enfadado—. Cuando te llega la hora... —negó con lentos movimientos, e hizo chascar la lengua.

—¿De qué ha muerto? —preguntó Lluís.

—¿De qué muere un hombre tan mayor como él? El corazón dice basta, y aquí concluye todo.

—¡Pobre! Aquí, solo. Debe de haber sufrido —dijo Josep.

—Yo juraría que no. Mira. Incluso sonríe. Creo que lo ha presentido, se ha tendido tranquilamente, tal como era él, y se ha apagado como una vela que agoniza —explicó el doctor Alzina.

—Hemos de avisar al médico —sugirió Josep, y el doctor Alzina le miró—. Quiero decir que hemos de avisar a alguien —corrigió.

—En estos casos, cuando ha muerto sin que no hubiese nadie presente, hay que avisar a la policía —dijo el doctor Alzina—. ¿Alguien ha traído un móvil?

—Yo —dijo Lluís, y hurgó en el bolsillo del anorac en busca de su teléfono. Intentó conectarlo, pero no pudo—. Me he quedado sin batería —se disculpó.

—Yo no utilizo esos chismes —dijo Josep.

—Y yo, con las prisas que me has metido tú, pedazo de alcornoque, me lo he dejado en el coche —exclamó el médico, mirando a Josep—. Alguien tendrá que ir y avisar y tú tienes todos los números. Conoces mejor que nadie estos bosques y yo soy el médico y he de quedarme aquí.

—Sí, yo iré más deprisa —afirmó Josep.

—Ya no hay prisa —sonrió con tristeza el médico.

—Quería preguntarle por su pasado, pero ahora no podré —dijo Lluís.

—¿Tanto te interesaba?

—Era pura curiosidad. Es deformación profesional o, quizás, siempre he sido uno fisgón —respondió, y se acercó al cuerpo del infortunado, mientras Josep y el doctor salían al exterior.

Lluís nunca había visto a nadie morir de una forma tan natural. Todos los que ha visto morir (no demasiados), lo habían hecho por causa de un accidente o tras una larga enfermedad que los dejaba hechos una piltrafa. Sin embargo, aquel hombre parecía haber muerto feliz. Y eso le sobrecogía. De manera que le contempló.

Entonces descubrió algo junto a la pared. Parecía como si antes de morir hubiese estado mirando una fotografía y que, al cerrar los ojos, se le había escapado de las manos. La tomó y la examinó durante unos instantes. Como no podía distinguirla claramente, se acercó a la puerta de la cabaña y la expuso a la luz del día.

El doctor Alzina daba las últimas instrucciones a Josep y vio por el rabillo del ojo que Lluís entraba corriendo en la cabaña.

—¿Qué habrá encontrado? —se extrañó, y los dos hombres se dirigieron hacia allá.

Nada más cruzar el umbral descubrieron que Lluís estaba plantado ante el cadáver y exhibía un gesto de idiota.

—¡Ostia! —exclamó Lluís, al percibir la presencia del médico y de Josep, que se detuvieron junto a él—. ¡Guimu era un nazi! —gritó Lluís, con unos ojos como platos, mientras les entregaba la fotografía.

—¿Qué dices? —exclamó el doctor Alzina.

—¡Mira! —señaló el rostro de uno de los dos hombres que aparecían en la fotografía, ambos vestidos con el uniforme de las SS—. No me digas que no es él.

El doctor Alzina examinó con atención la fotografía.

—Se parecen. No puedo negarlo —dijo—. Pero se trata de una fotografía muy vieja y podemos equivocarnos.

Josep tomó la fotografía y la comparó con el rostro de Guimu. De pronto descubrió la cicatriz que había bajo el ojo izquierdo del hombre que aparecía vestido con el uniforme de las SS.

—¡Madre de Dios! —se quedó boquiabierto—. ¡Ya lo creo que es él!

—Eso explicaría que los franquistas le dejasen vivir aquí, sin tocarle las pelotas —dijo Lluís.

—No es posible —negaba Josep—. ¡Es imposible! Un hombre como él, tan amable con todo el mundo... —murmuró, mientras daba la vuelta a la fotografía—. ¿Qué pone aquí? —señaló las palabras escritas en el reverso.

El doctor Alzina la tomó y la expuso a la luz del día. Las letras aparecían borrosas.

—Para mi amigo y compañero Ludwig Jurgens —tradujo—. Está firmado por un tal sargento Rudi Hassestein.

—No puedo creerlo —seguía negando Josep.

—¿Qué no lo ves? —dijo Lluís—. El sargento es el otro y él es el soldado de la foto. No hay duda —Entonces miró el cadáver con odio—. Si no estuviese muerto, le rompería la cara.

—Pero está muerto, y debemos respetarlo —dijo el médico.

—¿Respetarlo? ¿A un malparido hijo de puta como éste?

—No te ha hecho nada —le replicó Josep.

—Tengo un sobrino, el hijo de una hermana, que hace siete años fue agredido por cinco cabezas rapadas. Ha quedado parapléjico. ¿Comprendes? —explicó Lluís—. Tardaron más de un año en juzgarlos, tiempo más que sobrado para que se presentaran ante el tribunal bien acicalados, con camisa y corbata y con el cabello que les había crecido. Su abogado fue muy hábil y consiguió que tres quedasen libres de cargos, mientras que uno ya había pagado con la prisión preventiva y el otro estuvo en chirona dos años y salió por buena conducta, pero los médicos dijeron que mi sobrino permanecería por siempre jamás atado a una silla de ruedas. Los cabrones habían condenado a mi sobrino a cadena perpetua, y ellos tan felices. ¿Y dices que no me ha hecho nada? —escupió en el suelo—. Son los hijos de puta como éste, que sembraron las ideas de los cabezas rapadas. Yo no me quedo aquí, para velar un malparido como éste, que me produce nauseas. Te acompañaré —dijo a Josep.

El doctor Alzina, desde la puerta de la cabaña, contempló como se alejaban Josep y Lluís. No andaban de prisa, sino que iban cabizbajos y ensimismados, mientras murmuraban.

Entonces regresó a la cabaña y se quedó mirando el cadáver de aquel hombre que sonreía feliz.

¡Bien! Alguien tenía que quedarse. De manera que se dirigió a la ventana cerrada. La abrió para que la luz del sol, que ya empezaba a despuntar sobre los árboles, iluminara mejor la estancia, y en aquel preciso instante apareció ante sus ojos la pequeña mesa de madera y, sobre ella, el fajo de hojas manuscritas y atadas con un cordel. En la primera hoja pudo leer en alemán: El RELATO DE GÜNTER PSARRIS.

—¿Quién es Günter Psarris...? —murmuró—. ¿Y qué hace aquí este escrito?

Tomó el fajo de hojas y deshizo el nudo. Poco después, aparecía el relato de Günter Psarris. Era la letra de Guimu. No había duda. Disponía de más de un par de largas horas y no tenía otra cosa que hacer. Por otro lado, si Guimu había presentido su muerte, si había tomado la fotografía, había dejado aquel relato sobre la mesa y si, al morir, sonreía, era evidente que deseaba que quien lo encontrara, lo leyese. Ahora, tras el descubrimiento de

Lluís, el médico también sentía curiosidad por saber quién fue Guimu.

Se sentó junto a la puerta de la cabaña y comenzó a leer. Quizás el pastor era aficionado a escribir novelas. Pero, nada más iniciar las primeras páginas, también empezaron los descubrimientos importantes.

1 - LAS DOS DECISIONES

Hoy es un gran día, porque he tomado dos decisiones. Las primeras desde que he llegado a estas tierras, ya hace unos cuantos años. No puedo decir cuantos, porque no sé ni qué día es hoy, ni la semana ni el mes ni el año. Ésas son cosas que aquí arriba, en la montaña, carecen de importancia. Lo que es importante es saber qué tiempo hará, si estamos otoño o ya hemos entrado en el invierno, si la nieve caerá pronto o si la primavera será lluviosa y si el verano será como es debido. Esas manifestaciones de la naturaleza nos alertan de que ha llegado la hora de descender hasta el llano, de cuándo hay que esquilar las ovejas o si parirán pronto. La vida es sencilla, y somos nosotros quienes la complicamos.

Durante todo este tiempo he vivido en un agujero oscuro, sin poder ver claro, a pesar de que he sido feliz. No es ningún contrasentido, aunque lo parezca. Y hoy afirmaría que el día ha amanecido distinto, más sereno, más azul... en paz. Porque la paz nace en nuestro interior y nunca nos llega de fuera. Si el cielo amanece claro, pero careces de paz, el sol es más apagado y no calienta como debiera; si el día aparece nublado, pero te sientes bien, la lluvia se convierte en poesía.

A primera hora ha venido Paco. Le he presentido nada más despertarme. Bueno: no es que haya tenido una intuición, porque ya le esperaba. Sin embargo, he oído el movimiento del rebaño de ovejas cuando aún no me había levantado. Y el rumor de sus pisadas, que a veces se confunde con el viento que mece las hojas de los árboles, me ha indicado su presencia.

He salido a la puerta de la cabaña y le he visto que ascendía por el prado, apoyándose en el bastón, con la zamarra de piel, los pantalones de pana y el zurrón a la espalda, con el lento caminar, pausado, propio de quien domina la vida. Porque él la domina. ¡Ya lo creo! Conoce estos parajes como la palma de su mano, siempre sabe dónde está y qué hace. Y, lo que es más importante, también sabe lo que tiene que hacer. Eso es dominar la propia vida. En otro caso, es la vida que nos domina. Lo sé muy bien, porque he vivido año tras año perdido por esos mundos de Dios, sin saber dónde me encontraba ni lo que hacía, sin poder dominar ninguno de mis pasos.

Piu me ha descubierto, ha olvidado sus obligaciones con el rebaño y se ha acercado corriendo, con la cola tiesa, abanicando a derecha e izquierda, eufórico, mostrándome aquella alegría que sólo la espontaneidad del perro es capaz de expresar. A escasos centímetros de mis piernas ha detenido su carrera y ha restregado todo su cuerpo en mis pantalones, exigiendo, más que pidiendo, la caricia. He pasado mi mano por su lomo y no ha sido suficiente, sino que ha dado vueltas y más vueltas para obtener más regalos. Yo se los he concedido todos, con ambas manos bien abiertas, frotando su pelo largo que le permite resistir el invierno y le protege del calor del verano. Él también domina su vida. Poco o nada le importa si va limpio o sucio. Ya se lava cuando se mete en el río. Vigila el rebaño y permanece atento en todo momento a nuestras órdenes. Es feliz, porque hace lo que debe. Ha nacido para ser perro y es perro. Las personas, al contrario, a menudo olvidamos que hemos nacido para ser personas y nos comportamos como animales.

Y bien pensado, es maravilloso descubrir que los perros son los únicos seres que se contentan con una caricia. Un sólo gesto de la mano, un ligero contacto y son felices, porque tú también lo eres, únicamente con una muestra de amor. Y Piu lo sabe. De ellos hemos de aprender mucho. Hemos de aprender a conceder sin esperar nada a cambio. Porque, aunque parezca que él exige la caricia, no es del todo cierto. En todo caso, él te ofrece el inmenso placer de acariciarlo, de jugar y de hablarle como si fuese una persona, porque él sabe que eso te hace feliz. Y cuando ya has llenado tu felicidad, se marcha y regresa a su trabajo. Sí, tenemos mucho que aprender de ellos.

—¿Seguro que quieres quedarte aquí? —me ha preguntado Paco.

No necesita saludarme. No es preciso que nos digamos nada. La pregunta puede ser directa, sin tapujos, porque los hombres de montaña con pocas palabras nos entendemos enseguida. No como los de ciudad, donde se necesitan muchas explicaciones para dejar claro lo que queremos decir, y nunca estamos seguros de haber sido comprendidos.

—Sí, Paco —le he respondido. Tampoco necesita más.

Cuando estamos en lo alto de la montaña, con el rebaño, a menudo ni hablamos. No es preciso. Él observa los valles y yo sigo su mirada y procuro aprender a contemplar. Me salvó la vida y no me exigió nada a cambio; me dio queso y pan y no me los cobró; me ofreció cobijo y no... ¡Es un gran hombre! Es una persona.

Este año no subiré a la montaña, con él. Ésa es la primera decisión firme que he tomado. Y Paco la entiende y la acepta, a pesar de que le he visto un poco triste.

Se ha quedado junto a mí durante un rato, sin chistar.

—Este año traes más —he roto el silencio, apuntando con la barbilla hacia el rebaño.

—Sí —ha respondido él. Basta con un sí.

Después me ha dado una palmada en la espalda, ha silbado con fuerza, Piu se ha dirigido hacia las ovejas y las ha obligado a moverse. Entonces he visto que Paco se alejaba lentamente, ayudado por el bastón. He aguardado hasta que ya había desaparecido y he regresado a la cabaña con la imagen del Piu, que se ha detenido un instante, como si me preguntase por qué no les acompaño, y después también ha desaparecido.

Ahora he de llevar a cabo mi segunda gran decisión y espero tener suficiente coraje para acometerla, porque es la única manera de regresar a la vida. Datos no me faltan, porque aquellos detalles que el tiempo ha borrado, he podido recuperarlos en los libros. He visto cambiar el mundo, de arriba abajo. Y poseo muchas notas. Más de las que precisaría.

¡Bien! Ha llegado la hora. Únicamente deseo que sea cierto y que alcance la paz que busco desde hace tantos años, tal como me ha dicho el mosén. Después, quizás, podré regresar con Paco. Se lo debo.

2 - KRISTALLNACHT

Me llamo Günter Psarris y soy un muerto viviente, porque aquel Günter Psarris, que nació en Berlín el 18 de marzo de 1913, el mismo día que Schinas asesinaba al rey Jorge I de Grecia, en Salónica, murió hace años. ¡Muchos años! Ver la primera luz el día de un asesinato es un mal presagio. Aunque, bien mirado, cada día hay asesinatos, sólo que se trata de seres anónimos, sin importancia. Por lo menos, así lo pensamos, si es que lo pensamos, porque así reaccionamos y así vivimos, ajenos por entero al mundo que nos rodea.

Mi abuelo, Alexander Psarris, fue griego y sé que estaba orgulloso de su pasado, de pertenecer a una tierra de mitos y de héroes. Sin embargo, tuvo que emigrar a Polonia para poder ganarse la vida, donde nació mi padre, que no dispuso de mucho tiempo para sentirse orgulloso de ser polaco, porque mi abuelo murió y él también emigró siendo muy joven, esta vez a Alemania, donde, tras mucho esfuerzo y trabajo, consiguió sacar adelante una carpintería y se casó con Helena Krug.

En Berlín también nació mi hermana Laura, que era cinco años mayor que yo. De manera que debería decir que soy alemán de origen polaco y griego, pero después de tanto tiempo y de las experiencias vividas ya no sé lo que soy. Quizás por eso mosén Pedro me dijo que tenía que escribirlo todo. Tal vez para descubrir qué o quién soy, y para poder nacer de nuevo y regresar a la vida o, tal vez, para nacer por primera vez como persona en libertad.

Aquel sacerdote era un gran hombre, aunque fuese bajo y un poco gordo. La grandeza a menudo no se halla en la parte física de nosotros mismos, sino mucho más adentro. Por eso estas tierras de los Pirineos también son grandes, porque acogen gente como yo y nos permiten vivir en paz todos estos años. No nos preguntan quiénes somos ni de dónde venimos, sino lo que hacemos por los demás y lo que sentimos.

El primer día que hablé con él, con mosén Pedro nos costó entendernos y al final tuvimos que hacerlo en latín. Él no hablaba ni alemán ni francés y yo, evidentemente, tenía un conocimiento tan limitado del catalán y del castellano que sólo alcanzaba para decir «buenos días», «adiós» y «gracias». Las tres únicas expresiones que había aprendido de Paco.

—¿Usted es Guimu? —me preguntó en la penumbra de aquella pequeña capilla.

Aún no sé cómo se ocurrió entrar. Si soy sincero, sentía verdadero pánico de enfrentarme con la imagen del Cristo crucificado, que había sido judío, y yo no podía olvidarlo.

La única palabra que entendí fue Guimu. Con ese nombre me conocía Paco, el hombre que un par de semanas antes me había rescatado de las nieves de los Pirineos, casi muerto, medio congelado, abatido, sin ánimos, hambriento y perdido. Por lo que él decía, ésa es la primera palabra que pronuncié cuando abrí los ojos, bajo la piel con la que él me tapaba, junto al fuego. Yo ni me acuerdo. Y Paco se imaginó que le había dicho mi nombre y, por ese nombre, me conocen todos. A mi no me parece mal. Incluso se puede tomar por un diminutivo de Günter. Paco me hizo entrar en calor y me devolvió a la vida. Desde entonces le he acompañado con el rebaño y he hecho de pastor.

Ahora sonrío, cuando pienso en aquellos momentos, cuando intentaba hallar palabras en latín que había estudiado hacía años... ¡Siglos! Sin embargo, en la penumbra de aquella iglesia de Martinet me sentí bien. Y mosén Pedro me escuchó con mucho interés, aunque no acabábamos de entendernos. Por fortuna, aprendí a hablar como él y las visitas y las conversaciones se multiplicaron, hasta que fui capaz de explicarle todo lo sucedido. Fue entonces cuando me concedió su perdón, el perdón de Dios, un perdón que yo no me atrevía a pedirle, y me aconsejó que pusiera por escrito mi relato.

—¿Por qué? —le pregunté—. ¿De qué serviría?

—Alguien lo encontrará algún día y lo leerá —me respondió con una sonrisa—. La guerra no es buena y tu relato será un punto de reflexión.

Aquel hombre me trataba con amabilidad, como un padre habla con su hijo y le aconseja. Tenía razón. Ninguna guerra es buena, porque acabada la del 14, donde mi padre luchó, sé que la vida no fue nada fácil para un país derrotado y en bancarrota. Sin embargo, mi padre era un hombre a quien la experiencia le había enseñado que hay que proporcionar a sus hijos la mejor educación posible, y yo pude estudiar en la universidad, mientras él trabajaba como un animal y levantaba un negocio que ya disponía de cinco empleados, y mi madre ahorraba cuanto podía.

Mis padres murieron, uno tras otro, cuando yo aún no había finalizado mis estudios de física. Mi padre en el incendio que se originó en el taller, y que nunca se aclaró si había sido fortuito o provocado. Corrían malos tiempos y ya le habían amenazado, pero la policía no se lo tomó con demasiado interés. El hecho es que lo perdimos todo y mi madre le siguió poco después. Tampoco quedó claro si había muerto de pena o si se había suicidado, porque el médico que certificó su defunción sólo escribió que le había fallado el corazón. Unos meses y su corazón dejó de latir. Yo estoy convencido de que habían vivido tan unidos que la ausencia de quien había compartido tantas y tantas experiencias fue superior al deseo de vivir. Que fuese el corazón u otra causa, poco importa.

Mi hermana Laura se había casado hacía unos años y se había marchado a vivir a Viena, con su marido Hans Teschler, un joven funcionario que, según decían, prometía mucho. Vinieron a Berlín para los entierros y regresaron de nuevo a su hogar. Laura quería que me fuese con ellos, pero yo le contesté que, antes, tenía que acabar mis estudios. Era como un tributo a mis padres. Habían luchado tanto para yo tuviese una buena educación, que no podía defraudarles.

Tras la muerte de mi padre empecé a buscar trabajo. Mi madre deambulaba por la casa sin apenas abrir la boca. Yo tenía bastante claro que había de mantenerla. Sin embargo, hasta unos meses después de haberla perdido, no conseguí un puesto de maestro en un instituto, cuyo nombre ya no acude a mi memoria, a pesar de los esfuerzos que he hecho durante días para rescatar ese nombre del pasado. Parece como si mi memoria se negara a tener presentes algunos detalles y los hubiese escondido. Recuerdo las aulas, los pasillos, la sala de profesores, los rostros de muchos, incluso alumnos, pero ese nombre se ha borrado por completo. Los años pasan factura. Los años y los golpes recibidos en la vida.

No fue nada fácil encontrar trabajo, porque mi condición de hijo de inmigrante, a pesar de que mi padre había luchado por Alemania, me impedía acceder a lugares de mayor prestigio y mejor remunerados. Quizás cuando acabara mis estudios en la universidad... Siempre idéntica excusa; siempre la misma canción.

—Su historial es muy bueno, pero aún no se ha licenciado —me repetían en cada entrevista.

De manera que tuve que vender la casa de mis padres y buscar un refugio, más en consonancia con mi situación. Con el dinero que obtuve podía haber acabado mis estudios, pero tras la experiencia buscando trabajo, más valía guardar los ahorros para ocasiones más delicadas. Y aún debía dar gracias por haber tenido la suerte de haber sido admitido en un instituto, después de tumbos y más tumbos sin llegar a ninguna parte, con todas las puertas que me daban en las narices. Me consideraban un inmigrante, a pesar de que no me lo echaban en cara y a pesar de que en mis documentos constaba con letra muy clara que había nacido en Berlín, y a pesar de que yo no cesaba de repetir que mi padre había luchado por Alemania. Pero, a ellos, poco les importaba.

Es muy duro ser ciudadano de segunda. Y, ¡ironías de la vida!, también tenía que dar gracias por no ser de tercera o de cuarta categoría, porque en aquellos días las categorías contaban demasiado. Por fortuna, el director del instituto conocía a mi padre, que le había hecho buena parte de los muebles de su casa. Herr Voss me acogió.

¡En fin! Que ya me he presentado, y no ha sido tan difícil como imaginaba. Supongo que a partir de ahora todo será más fácil.

El 7 de noviembre del 1938 fue un día aparentemente normal, si es que ese calificativo puede aplicarse a una sociedad dominada por la tiranía de un hombre que arrastra a cuantos se consideran la raza superior y viven inmersos en la creencia de que unos diminutos genes les otorgan el derecho de compararse con cualquiera y salir triunfantes.

Recuerdo que hacía frío y que tenía que andar deprisa para atravesar el patio del instituto en dirección a la sala de profesores. El instituto era un edificio con dos grandes columnas a la entrada que parecían dar paso a un palacio, pero después, en el interior, las aulas eran pequeñas y el mobiliario pobre. Carecíamos de calefacción y a primera hora tenía que escribir en la pizarra con guantes. Mis alumnos me contemplaban agazapados tras las bufandas y no abrían la boca hasta media mañana, cuando el sol se colaba por el ventanal que daba al patio. Entonces la temperatura aumentaba y las bufandas se abrían para dejar que aquellos labios comenzaran a moverse y dejaran de expulsar el vaho. Parecían pequeñas locomotoras rebosantes de energía juvenil.

¡Bien! El hecho es que aquel día mis alumnos habían huido en tropel nada más oír la campana que daba por finalizada la tortura diaria que representa lo que los mayores llamamos estudiar. Y es que la mente de un mozalbete de doce años se encuentra muy alejada del teorema de Arquímedes cuando llega la hora del recreo, y más aún cuando concluye la jornada escolar.

Sí, era un día aparentemente normal, aquel 7 de noviembre, y mi cabeza andaba perdida por las esferas celestiales. Tanto, que la mayor parte del tiempo había andado distraído entre sueños maravillosos que tenían por protagonista una joven que respondía al nombre de Ilse, dueña de unos ojos grandes y azules como el cielo en una mañana de primavera, de unos labios que no tenían nada que envidiar a la frescura y al color de los pétalos de una rosa. Tenía el cuello largo y esbelto y unos cabellos suaves y sedosos del color del trigo maduro, a punto de siega. Una de sus sonrisas bastaba para iluminar toda una habitación y su risa me recordaba los cascabeles del caballo que tiraba del carro del hombre que cada mañana, a primera hora, transportaba las verduras al mercado. ¡Tanta era su alegría!

Aquel día, 7 de noviembre, hacía un año que nos habíamos conocido y queríamos celebrarlo con una cena íntima en el pequeño estudio que yo tenía alquilado tres calles más abajo de la escuela, en la HafferStrasse.

Frau Reitlinger, mi patrona, era una mujer extraordinaria en todos los sentidos, y su enorme cuerpo de matrona de Rubens cobijaba un corazón inmenso, oculto bajo las dos masas de carne que eran sus pechos, grandes y espectaculares hasta el punto que no podía mirarse los pies sin doblar el espinazo. A sus cincuenta y cuatro años, viuda y sin hijos, desplegaba una actividad impresionante, quizás consecuencia de sus hormonas disparadas, y procuraba mantener contentos a sus inquilinos: el abogado Freitzhager, el excombatiente de la guerra del 14 Weisser y yo. De esa manera podía conservar su casa y obtener algún dinero para ir tirando. Para ella también eran tiempos difíciles.

Entré en la sala de profesores frotándome las manos y soplando con fuerza. La escuela se había quedado desierta y el viento arañaba los cristales de las ventanas. Sólo quedaba el viejo vigilante, lento y pesado, que era el blanco de todas las burlas de los estudiantes. Tomé mi abrigo y me fui a casa, a aquella habitación donde cabían una mesa, tres sillas, un armario, unas estanterías repletas de libros, cajas por todos los rincones y una cocina de petróleo que olía tan horrible que me obligaba a abrir la ventana cada vez que la encendía, cosa que hacía a menudo. En aquella casa disponíamos únicamente de una estufa, abajo, en el comedor, y en Berlín el invierno es largo y frío. Mis dominios incluían otra pequeña habitación anexa, que era el dormitorio. Un verdadero rincón del tamaño de un puño, con otro armario que para acceder a él tenía que encaramarme en la cama. Suficiente para mis necesidades, las de un profesor de instituto o las de un estudiante.

A pocos metros del portal de casa me detuve ante el aparador de la tienda del viejo Rahm, un anciano simpático y tímido, con unos lentes de montura metálica y una bondad que parecía arrancada de un cuento de los hermanos Grimm.

La verdad es que mi sueldo, en aquellos días, no daba para mucho, pero había decidido echar mano de los ahorros y tirar la casa por la ventana, comprando dos filetes de carne, de la más tierna que pude encontrar, y, ahora, pensaba añadir una botella de vino. La ocasión se lo merecía.

Contemplé durante unos momentos las botellas alineadas en perfecta formación, como si se tratase de un batallón de soldados. Borrachos, naturalmente. Abandoné mi puesto y, cuando iba a entrar, descubrí el cartel.

Lamiendo la escuadra del dintel, había una nota que rezaba:

¡PELIGRO! AQUÍ VIVE UN TRAIDOR JUDÍO. ¡NO COMPRÉIS NADA!

Hasta aquel instante mi cerebro sólo pensaba en Ilse; no me había apercibido de mi entorno.

¡Pero, qué estupidez! Al viejo Rahm le conocíamos todos, y todos le teníamos en gran estima. Eso pensaba yo.

Arranqué aquella hoja, empujé la puerta y entré.

—¿Quién ha colgado esto? —pregunté, mientras depositaba aquella porquería sobre el mostrador.

—¿Usted, quién se imagina que ha sido? —me respondió Herr Rahm con otra pregunta—. Y han dicho que volverán —añadió.

—No lo creo. Aquí le respetamos todos y ésos son una pandilla de cobardes que se esconden en la oscuridad y cuelgan carteles cuando nadie les ve.

—Quizás sí, pero cada día son menos los clientes que acuden y compran —me respondió.

—Son tiempos difíciles —le tranquilicé, y me dirigí hacia la estantería de los vinos—. Querría una botella de vino. No demasiado caro.

—Aquí no hay nada que sea caro. Si el precio es elevado es porque lo vale. Ya sabe que yo no abuso. ¿Una reunión de amigos? —me preguntó.

—Una cena especial —sonreí, y él comprendió enseguida y me guiñó un ojo con picardía.

Abandoné el comercio con la botella en las manos. Según me había explicado el viejo Rahm era el más adecuado para una dama. Dulce como el néctar, suave como una melodía y de uno rojo burdeos, fuerte y subido, que enaltecía los sentidos.

Una vez fuera, volví a mirar los restos del cartel amenazador. Alemania se había contagiado de la locura de Hitler. Desde 1935 habían aparecido edictos y más edictos y leyes y más leyes que ahogaban a los judíos y a todo aquél que no comulgase con los dictados del *Führer*, que poco a poco adquiría poder absoluto sobre todo cuanto pisaba tierras alemanas: personas, animales y cosas.

Mientras preparaba la cena me olvidé por completo del cartel, de Herr Rahm, de la política, de los judíos, de los comunistas y de todos, excepto de Ilse, y no fui consciente del mundo que me rodeaba hasta que oí que llamaban a la puerta.

Primero pensé que se trataba de Ilse, pero aquellos golpes eran demasiado recios. Abrí y me encontré con Frau Reitlinger, que casi se me vino encima con toda su colosal humanidad.

—Le he conseguido unos tomates, unas zanahorias y un poco de café, pero… café café, del bueno —me dijo al tiempo que alargaba los brazos y descargaba toda la mercancía en mis manos.

Desplegaba tanta energía en cada uno de sus actos que estuvo a punto de estrellarme un tomate en los pies.

—No tenía porqué haber hecho nada —se lo agradecí, haciendo juegos malabares.

—¡Venga, hombre! Usted lo merece todo y Fraulein Ilse es muy guapa. ¿Cuándo se casan?

Aquella mujer era una casamentera como no había otra. Disfrutaba con cualquier boda y me había confesado que en no pocas ocasiones lloraba de emoción al ver una pareja frente al altar. De hecho no era necesario que llegasen al altar para arrancarle las lágrimas. Nada más verles por la calle ya se le humedecían los ojos.

—Aún no lo sé —respondí, mientras depositaba los tomates, las zanahorias y el café sobre la mesa.

¿Cómo se las habría ingeniado para encontrar hortalizas tan frescas en aquella época? Era un misterio, pero yo no estaba para desvelarlo.

—Pues, añada un poco de pimienta a la comida y todo irá mejor —soltó una de sus fuertes risotadas, y me dio un manotazo en la espalda con aquella mano enorme, que casi me derriba—. ¡Cómo les envidio! —exclamó al tiempo que hinchaba los pechos y emitía un prolongado suspiro—. ¡Ay! Yo ya no tengo edad para esas cosas.

—Si no fuese porque Ilse está a punto de llegar, ahora mismo… —bromeé y abrí los brazos con el ánimo de ponerla en un aprieto.

—¡Quite de ahí! —exclamó, me empujó, se cubrió la cara con el delantal y huyó hacia la puerta.

—Ya le diré a Fraulein Ilse que le ate bien corto, porque usted es peligroso —dijo cuando cerraba la puerta.

Aún reía cuando me di cuenta de que no tenía un sacacorchos. Poco haríamos con el vino, si no podía abrir la botella. De manera que salí al rellano para solicitar de Weissler tan preciado utensilio. No me caía muy bien, pero en aquellos momentos podía ser mi salvación.

—¿Acaso pretende celebrar el atentado? —me preguntó el viejo soldado, orgulloso miembro del partido nazi, nada más escuchar mi petición, allí plantado en la puerta de su habitación.

—¿Qué atentado? —pregunté. No sabia de qué me hablaba.

—Un asqueroso judío ha disparado contra un diplomático de nuestra embajada en París. Von Rath, ¡Un patriota! —alzó el dedo, puso unos ojos como platos y gesticuló, exasperado—. ¡Cuanta razón tiene nuestro *Führer*! Hemos de acabar con esta maldita raza que nos envenena la sangre, o ellos acabarán con nosotros.

Cuando le dejé, aún resonaban sus palabras en mis oídos.

—Ustedes, los jóvenes, necesitan sufrir como nosotros para entender qué es luchar, pero ya llegará, ya llegará el día que sean conscientes del significado de palabras como sacrificio, patria, honor, pureza y gloria. Y entonces...

Él mismo se escuchaba, se interpelaba y se respondía. Bastaba darle un poco de cuerda y se ponía en marcha como un loro de feria, con una verborrea barata. Estaba loco, pero lo más preocupante es que había muchos más como él. ¡Demasiados! Y a los judíos ya sólo les faltaba un asesinato sobre sus cabezas, porque, aunque Von Rath fue un tercer secretario de la embajada, un don nadie en cualquier otra circunstancia, un triste e imaginario sustituto ocasional del embajador, que la mente del improvisado verdugo le otorgó un inmerecido protagonismo, Hitler cargaría contra todo lo que se le interpusiera y le convertiría en mártir para, después, víctima de uno de sus accesos de cólera, descargar toda su ira contra el blanco de su odio: las razas inferiores. No había que ser vidente para entrever el futuro. Sería una absurda repetición del pasado reciente.

Ilse llegó poco después y despejó todos mis pensamientos. Parecía una reina. Llevaba el pelo recogido, lo que le confería seriedad, con el cuello de cisne al descubierto. Se despojó del abrigo con estudiada lentitud. Aún puedo verla ahora. De debajo de aquella coraza azul marino emergió un vestido rosa con un lazo en la cintura y un generoso escote que me permitía extasiarme con su piel blanca. Se pegó a mi cuerpo como si fuese una segunda piel, me dio un beso largo y dulce, y me dijo:

—Feliz aniversario.

La aparté para contemplarla. Estaba tan hermosa…

—¿Puedo deshacer el lazo de mi regalo? —le pregunté, mientras intentaba alargar la mano hacia la cinta rosa.

—No soy ningún regalo —me contestó simulando estar enfadada, y se escabulló—. No puedo quedarme —añadió, me miró y meneó la cabeza a derecha e izquierda—. No sé qué ha sucedido, pero mi padre me quiere en casa a las nueve.

—Casi no disponemos ni de tiempo para cenar —me quejé.

Habíamos decidido pasar juntos la noche. Lo teníamos todo bien planeado. Simularíamos que ella se marchaba, porque Frau Reitlinger toleraba las visitas, pero no las permanencias, y la engañaríamos. Después, a la mañana siguiente, Ilse se marcharía antes de las siete, que es cuando mi patrona se levantaba. Ya lo habíamos repetido en alguna ocasión. En pocas, por supuesto.

—No es más que un aplazamiento. El viernes he quedado con Helena para acompañarla al teatro y, teóricamente, dormiré en su casa —me hizo un guiño—. Es una buena amiga y muy comprensiva.

Reímos mucho cuando prendí la cocina de petróleo, porque tuvimos que abrir la ventana. Ella tenía frío y la abracé con fuerza. Con los ojos cerrados podía soñar que habitábamos un paraíso y que aquella ventana daba a un jardín, en lugar del patio interior sucio y a ratos maloliente, cuando el vecino de al lado soltaba los dos perros, que no se privaban de hacer sus necesidades. Yo los odiaba y ellos lo sabían, porque a menudo miraban hacia lo alto, cuando detectaban mi presencia, me enseñaban los colmillos y me ladraban.

Fue una cena deliciosa. Hablamos y hablamos sin parar. La miraba y me extasiaba. ¿Cómo era posible que aquella mujer se hubiese fijado en mí, en un pobre maestro de instituto?

—¿No será muy fuerte, el vino? —me preguntó—. Tal como está mi padre, no puedo llegar a casa demasiado alegre.

No sé si el vino era fuerte o no, pero ella estaba alegre de veras. Y yo era un hombre perdidamente enamorado, y feliz.

Hacia las ocho y media nos despedimos de Frau Reitlinger, acompañé a Ilse hasta cerca de su casa, una esquina antes del portal, y la contemplé dirigirse hacia la puerta.

Johannes Hulmmer ya había alcanzado una buena posición cuando conoció a Inga, su esposa, y no estaba dispuesto a permitir que su fortuna fuese a parar a manos de cualquiera. El serio empresario ya había repetido en diversas ocasiones que su hija no sería para un pelagatos que no pudiese ofrecerle ningún futuro. Si mis padres no hubiesen muerto, otro gallo me cantaría, pero en aquellos días yo no podía aspirar a ciertas cosas. De manera que manteníamos nuestra relación en secreto y nos separábamos en la esquina y con tiento para que nadie nos descubriese.

Yo la había conocido por casualidad, porque un compañero de estudios me había colado en una fiesta. Nada más verla me enamoré. Pero lo más curioso es que ella me miró e hizo un gesto como si me llamase.

De natural siempre he sido tímido, pero aquel día... No sé qué me sucedió. Atravesé la sala y fui directo hacia ella, que conversaba con unas amigas.

—¿Me permite que la rapte? —le pregunté.

Y ya no nos separamos en toda la velada. Bailaba como un ángel y en mis brazos era ligera como un pluma. Dábamos vueltas y más vueltas alrededor de la sala, como si sólo estuviésemos ella y yo. Las voces habían desaparecido y la música sonaba en mi interior. Tenerla tan cerca fue sentirse en el cielo.

La vi alcanzar la puerta de su casa y, justo antes de desaparecer, me dirigió una mirada y me dedicó una sonrisa. Aún me quedé un rato más. Finalmente, regresé a la soledad de mi cubil.

Dos días más tarde, miércoles 9 de noviembre, Josef Goebbels, ministro de propaganda del III *Reich*, hizo unas declaraciones durante una cena en conmemoración de la conspiración de Bierhalle, acto que el *Führer* honraba con su presencia. Y, tal como era de esperar, el nombre de Ernst Von Rath, elevado ya a los altares, se pronunció con energía y con rabia. Los judíos pagarían por aquel crimen, dijo Goebbels, y añadió que las represalias ya habían comenzado. De manera que la terrible máquina del poder se puso en movimiento y las SS se vistieron de paisano para cometer toda clase de tropelías en nombre del pueblo alemán.

Aquella noche, a pesar de que mi habitación daba a la parte de atrás, hasta mis oídos llegó la algarabía y, viendo que no cesaba, decidí bajar hasta el portal para enterarme de lo que sucedía. De manera que tomé el abrigo y abandoné mi habitación.

Nada más alcanzar el descansillo, la puerta de mi vecino Weissler se abrió con violencia y el enorme cuerpo del viejo soldado apareció enfundado en su gabán negro que le cubría hasta los tobillos. En su rostro pude leer la ira y en su mano derecha blandía un palo de madera.

—¡Ha sonado la hora de la venganza! —gritó enloquecido—. ¿Se da cuenta? Alemania sale del barro y el *Führer* se sentirá orgulloso de nosotros.

Me apartó de un manotazo y descendió las escaleras, que temblaron bajo aquellas botas. Instantes después escuché el portazo. Aquel animal se había sumado a la cruzada.

Me quedé de una pieza. Frau Reitlinger me miraba desde la puerta de su habitación. El abogado no estaba. Yo también la miré. Acabábamos de ser testigos mudos del preludio de la locura que estaba a punto de arrasar todo el país.

De pronto, impulsado por un resorte, seguí los pasos de aquel hombre y me encontré en mitad de la calle.

—No salga —me había dicho Frau Reitlinger—. Es peligroso.

Sin embargo, yo no la había escuchado. Era más poderoso el deseo de saber qué sucedía que la prudencia y el buen juicio.

Lo primero que descubrí fue un grupo de hombres se alejaba cantando *Hors Wessel*. Después me di cuenta de que el adoquinado estaba sembrado de cristales rotos, de cajas, de latas y de botellas. «¡Dios mío!», exclamé, y eché a correr hacia el comercio del viejo Rahm.

Al llegar, descubrí que la vitrina ya no existía, que el vino corría por la acera, que la puerta había sido forzada y que toda la mercancía aparecía desparramada.

Entré con el corazón en un puño. Todo estaba en penumbra y mis ojos tuvieron que habituarse a la escasa luz. Las estanterías estaban vacías y la tienda era lo más parecido a lo que podías esperar después de un terremoto.

¡Por todos los santos del cielo! No quedaba nada que pudiese aprovecharse. Y me quedé patidifuso.

Entonces oí un gemido que emergía de detrás del mostrador. Corrí hacia allí y me arrodillé junto al cuerpo del viejo Rahm. Tenía la cara cubierta de sangre. Le ayudé a levantarse. Un brazo le colgaba inerte y no podía moverlo.

Como pude le subí al pequeño apartamento que había encima de la tienda, donde él vivía, y le tendí en la cama. No fue fácil. El pobre estaba tan apaleado que se quejaba con el menor movimiento.

—Voy en busca de un médico —le dije.

—Que sea judío —me suplicó—. Otro me mataría.

—Avisaré a la policía y podrá presentar una denuncia.

—¡No! —casi gritó, y me agarró por la manga. En sus ojos podía leerse el terror—. ¡La policía no! Aún sería peor. Por favor, no me deje solo.

Improvisé unas maderas a modo de tablillas para mantener rígido su brazo. Lo había aprendido en el instituto, cuando íbamos de excursión. Por lo menos, aguantaría hasta el día siguiente. Le lavé la sangre de la cara y me quedé con él toda la noche, velándole.

El pobre hombre tardó mucho en dormirse y su sueño fue muy agitado. De trecho en trecho se despertaba temblando y me miraba con horror. Entonces le hablaba, se calmaba y volvía a dormirse. Daba una pena... Yo le contemplaba desde la penumbra y pensaba en Weissler, en su imagen, en sus ojos enloquecidos y en el palo que blandía en su mano. ¿Cuántos más habrían recibido una visita como aquélla durante la noche?

Al día siguiente tuve que visitar cinco médicos. Todos estaban asustados y todos andaban muy atareados, porque los nazis habían hecho un buen trabajo. El *Führer*, como decía Weissler, podía sentirse muy orgulloso.

Al fin di con uno que se avino a acompañarme.

Aquel médico tenía los dedos ágiles e hizo un rápido reconocimiento al viejo Rahm. Strobbel, creo que se llamaba. Era magnífico ver el amor con que le trataba, dejando ir aquí y allá frases de ánimo y de consuelo.

—Es más aparatoso que profundo —sonreía—. Me lo llevaré a la clínica y dentro de unos días como nuevo —se volvió hacia mí y me preguntó—: ¿Dónde puedo lavarme las manos?

Le acompañé hasta la cocina, y me dijo en voz baja:

—Tiene el cuerpo lleno de cardenales, el codo fracturado y la nariz hecha trizas. A su edad no es buena cosa. Pero lo que más me preocupa es el hilillo de sangre que mana de su oído —meneó la cabeza, negando, y sopló—. Podría tratarse del tímpano, pero también podría ser peor, porque está perdiendo la sensibilidad de los dedos. Por eso prefiero tenerle cerca y prevenir sorpresas desagradables.

—Le acompañaré —me ofrecí.

—No se preocupe. Puedo hacerlo solo y usted tiene que ir a su trabajo.

—Sí, pero esto es más urgente.

De pronto se quedó callado y me miró con interés.

—¿Es usted judío? —me preguntó.

—No.

—Ya me lo había figurado —sonrió el doctor Strobbel, tomó la toalla y se secó las manos—. Es reconfortante hallar gente que vale la pena conocer.

Estuve tentado de decirle que, si bien no era judío, era hijo de un inmigrante. Pero, no lo hice. Habría roto sus ilusiones.

Volví a verle en dos ocasiones, al doctor, cuando fui a visitar a Herr Rahm, que murió dos semanas más tarde, y ya no le vi nunca más.

Imponer disciplina entre mis alumnos fue una tarea de titanes. Todos estaban muy excitados y no cesaban de hablar de los acontecimientos de la noche anterior. Eran como lloros que seguramente repetían lo que habían escuchado de sus progenitores y sentí pena por la joven Alemania que se reflejaba en aquel proyecto de adolescentes.

Cuando concluyó la jornada me dirigí a la sala de profesores en busca de mi abrigo.

¿Qué había sucedido?, me preguntaba mientras cruzaba el patio. Ni siquiera sentía el frío. Todo era diferente. Incluso la sala de profesores, a aquella hora siempre desierta, aparecía abarrotada de colegas que discutían acaloradamente y que parecían no tener prisa por abandonar el recinto. Tomé el abrigo y ya iba a salir cuando una voz me detuvo.

—¿Qué piensa usted, Herr Psarris?

Todos se quedaron en silencio. No había sido capaz de identificar al autor de la pregunta, pero ahí estaba, flotando, en el aire, y no podía quedar sin respuesta. Tampoco eran precisas mayores explicaciones ni demasiadas pistas, porque el tema era evidente.

—Dos calles más abajo habita Herr Rahm —dije, con parsimonia—. Es un anciano a quien todos respectamos y estimamos. Habita este barrio desde que nació, regenta un comercio pequeño, no es rico ni nunca he visto que cobre precios abusivos, es amable con los niños e incluso les regala caramelos. Nunca se ha visto implicado en política y cumple con la ley —hice una pausa, que nadie se atrevió a romper—. Anoche echaron su puerta abajo, le vaciaron la tienda, le destrozaron todas las instalaciones y le apalearon hasta que dejarle tendido con un brazo fracturado y la cara hecha pedazos. A un viejo al que le cuesta andar, que no puede defenderse y que nunca ha hecho mal a nadie, a un ser cuya bondad le desborda, me pregunto... ¿qué clase de hombres pudo hacerlo? Y no logro entenderlo. Su único crimen, ¡el único!, es haber nacido judío.

Algunos bajaron la cabeza y se agitaron incómodos. No era necesario añadir nada más. Di media vuelta y agarré el pomo de la puerta, pero de nuevo se alzó la voz que había hablado.

—Los judíos constituyen una raza maldita. Nuestro *Führer* ya nos ha alertado del peligro de esas muestras de bondad, tras las que se esconden la traición y la corrupción. Seguro que el puerco judío que mató a Von Rath también parecía un buen chico. ¡Y ya hemos visto el resultado! Un patriota, un alemán, ha caído, porque su único crimen era haber nacido ario y puro.

¡Hadler! No podía ser otro. Quien acababa de hablar se había puesto en pie brazos en jarras y nos ofrecía la patética imagen de un orador improvisado. Aquel hombre pertenecía al partido nazi y mis compañeros le temían. Pero, yo no.

—Lo siento, pero sigo sin comprender nada. ¿Quizás la raza aria necesita demostrar su superioridad golpeando ancianos indefensos? —repliqué.

Hadler sonrió con superioridad y echó una mirada al resto de los presentes.

—Para comprenderlo hay que ser alemán —me respondió.

—He nacido en Alemania y amo a mi país. ¡Tanto como cualquier otro alemán! No obstante, la violencia indiscriminada e injustificada me remueve las tripas.

—Psarris no es un apellido alemán —aún sonreía aquel malnacido.

—Mi madre era alemana.

—Pero su padre era polaco y su abuelo griego. Demasiada mezcla, ¿no cree? —dijo, y escupió en el suelo.

No pude más y ya iba a lanzarme sobre él cuando se abrió la puerta y apareció Herr Voss, el director de la escuela.

—Herr Psarris, he de hablar con usted. Acompáñeme, por favor —me ordenó con voz autoritaria.

Tomé el abrigo y abandoné la sala de profesores. No sé qué habría podido suceder, si él no interviene.

—¿Se ha vuelto loco? —me gritó nada más cerrar la puerta de su despacho.

—¿Yo?

—Sí, usted. ¿Cómo se le ocurre enfrentarse a Hadler?

—He dicho la verdad.

—No son tiempos como para andarse con calificaciones semánticas o morales —me cortó—. ¡Menos mal que no le ha golpeado! Y ahora haga caso de mi consejo y aléjese de Hadler tanto como pueda. ¿Lo ha comprendido?

—No puedo permitir...

—¡Cállese! Y escuche con atención —volvió a cortar mi réplica—. Siento afecto por usted. Su padre era un buen hombre y usted es un buen maestro y es inteligente. De manera que no le costará mucho entender que nadie, absolutamente nadie, se alzará en su defensa, y que Hadler irá a por usted a la menor ocasión que se le presente. ¿Queda claro? —me miraba a los ojos, y asentí en silencio—. Alemania se ha vuelto loca y tanto usted como yo somos conscientes de lo que está sucediendo, pero en estos momentos enfrentarse al poder es un suicidio.

—Alguien debe levantar la mano y detenerles —repliqué.

—¿Aún no lo ha comprendido? —negó con la cabeza—. Alce una mano y se la cortarán. Tenemos que esperar el momento oportuno. De manera que cálmese y procure mantener la boca cerrada.

Le hice caso, aunque seguí pensando que alguien tenía que enfrentarse a aquellos animales. Sin embargo, concluí que quizás tenía razón y, como muchos otros, imaginé que el paso del tiempo podía cambiar las cosas.

Aquella nefasta noche ha pasado a la historia con el nombre de *Kristallnacht*, la noche de los cristales rotos. No la olvidaré jamás. Como tampoco puedo olvidar los ojos llenos de odio de Weissler ni la mirada aterrorizada de Herr Rahm, porque hay cosas que quedan siempre adheridas a la memoria, y que nada ni nadie puede borrar.

Sí, aquella nefasta noche ha pasado a la historia con el nombre de *Kristallnacht*, pero no acabó aquí, porque no representó un hecho aislado. Los miembros de la *Schutz-Stafflen*, más conocidos por las SS que lucían en su uniforme, colgaron de nuevo los correajes, se vistieron de paisano y prodigaron sus salvajes ataque, y el número 8 de Prinz-Albrincht-Strasse, sede central de la Geheime Staatpolizei, tristemente famosa con el sobrenombre de Gestapo, se llenó de judíos, sobretodo de los ricos, acusados de conspiración y de traición.

Cuando las aguas bajan turbias cualquier cosa puede esconderse e Ilse me reveló el motivo de la turbación de su padre. Hacía años que un tal Herschel Vogen, también empresario y antiguo socio de Johannes Hulmmer en un negocio de maderas (¡ya es casualidad!), le había propuesto un asunto que él no vio claro, pero que a su socio podía representarle un buen pellizco, y se negó. El enfado fue de tal proporción que se separaron. El mismo día del asesinato de Von Rath, el padre de Ilse asistió a una comida donde también estaba presente su antiguo socio. Justo a los postres, Vogen soltó un comentario punzante sobre el abuelo de Johannes, que, según parecía, había militado en el partido comunista. Y eso lo había descubierto el hijo de Vogen, que pertenecía a las SS. Además había que añadir que unas semanas antes Johannes había dicho que Heinrich Himmler, ministro del interior, era uno retrasado mental. Había sido un comentario entre amigos, pero ya nadie sabía quién era amigo y quién era enemigo, y esa frase pronunciada en la intimidad había alcanzado ciertas esferas.

—Mi padre está muy asustado —me dijo Ilse.

Y no había para menos. Igual que todos nosotros, porque aquello representó el comienzo de lo que se avecinaba.

3 - El REICH DE LOS MIL AÑOS

En Enero del 1939 conocí a Inga Hulmmer, la madre de Ilse. Fue por casualidad. Era una tarde y ellas iban de compras. Yo había adquirido un libro. En Junio de aquel mismo año acabaría mis estudios en la universidad y ya sería un físico como Dios manda, como los que decían que podían acceder a los cargos que a mí me habían negado. Vivía ilusionado y convencido de que todo cambiaría, porque parecía que los ánimos se habían serenado. Quizás la Navidad nos había hecho reflexionar a todos.

Me las encontré de cara y me quedé como un idiota, sin saber cómo reaccionar. Ilse se puso tensa, y su madre la miró interrogante.

—Te presento a Günter Psarris. Estudia en la universidad. Quiere ser físico —dijo Ilse, casi sin respirar. Su madre seguía mirándola, aguardando más explicaciones —. Trabaja en un instituto. Da clases —aclaró Ilse.

No se me ocurrió otra cosa que mostrarle el libro que llevaba en las manos, casi como si dijera que era cierto lo que decía Ilse. Intercambiamos unas pocas frases de cortesía y me disculpé. Tenía que estudiar. Me despedí y me marché tan deprisa como pude. Me sentía tan cohibido que ni recuerdo cómo iba vestida la madre de Ilse. Sólo recuerdo que me miró con interés e hizo un gesto que dejaba claro que había leído en los ojos de su hija que yo era algo más que un simple amigo, detalle que Ilse no tardó en confirmarme.

—Cuando nos dejaste, me cosió a preguntas. Incluso sé que ha hablado con la madre de Helena, porque mi amiga también ha sufrido un interrogatorio —me explicó Ilse una semana más tarde.

—¿Y...? —pregunté.

—Creo que no le caes mal —sonrió ella.

—¿Pero, sabe algo de lo nuestro?

—Se lo imagina, porque el sábado quiere acompañarme a la ópera. Ahora tendré que ir y no podremos vernos —me miró con picardía—. Me ha preguntado si tú también irías —añadió con una sonrisa burlona.

—Supongo que le has dicho que no me gusta.

—Le he dicho que no lo sabía, que quizás sí que irías —y seguía sonriendo—. Será la manera de vernos.

—¿También acudirá tu padre? —me asusté.

—Nunca —me tranquilizó—. Él no está para esas cosas de la cultura, y mi madre cree que es un buen lugar para conocerte mejor.

—¿Te lo ha dicho así? —empecé a temblar.

—No es preciso que me lo diga. La conozco muy bien —hizo un corto silencio—. Y ella, a mí —concluyó.

—¿He de ir?

—¿A ti qué te parece?

¡Ya lo creo, que tenía que ir! No sé por qué lo preguntaba.

Tuve que pedir prestada ropa adecuada y gastarme parte de los ahorros en una entrada. Tenía que ser de platea y bien situada.

Sentado en el patio de butacas, sudaba todo el tiempo. ¡Y eso que estábamos en invierno! Sé que representaban Tannhauser de Richard Wagner. Lo había leído en el programa. Gritaban mucho. Eso sí que lo recuerdo. Lo digo porque nunca he tenido oído para la ópera. Como también recuerdo que durante el entreacto salí a respirar y me las encontré. Hasta entonces, aunque las había buscado con la mirada, no las había visto. Ellas ocupaban un palco.

—Günter, es su nombre. ¿Verdad, joven? —me dijo Inga, cuando me acerqué a saludarlas.

Vestía con elegancia y se movía con un toque de distinción, con la cabeza bien derecha, dominadora, aunque no era tan alta como Ilse. Sin embargo, no había que contemplarlas mucho rato para jurar que eran madre e hija. Inga era idéntica a Ilse. O mejor dicho: Ilse había salido a ella, que en esta vida todo tiene un orden y no es bueno invertirlo.

—Sí, señora —me incliné para besarle la mano—. Tuve el placer de conocerla hace unos días. Yo había comprado un libro...

—Sí, ya me acuerdo —dijo ella, con una sonrisa, y no retiró la mano de inmediato. Estaba calibrándome, sin duda—. Profesor de física —añadió, como si lo hubiese recordado en aquel preciso instante.

—En el instituto, señora —aclaré—. Pero, si todo va bien, me licenciaré en Junio.

—¿Y a un profesor de física le agrada la ópera?

—Me distrae de mis elucubraciones.

—¿Qué opina de Parsifal? —hizo un quiebro en la conversación, casi sin darme tiempo para reaccionar.

Creo que puse cara de idiota. ¿Parsifal? ¿Qué era eso? Sentí un escalofrío. Según el programa, estábamos escuchando Tannhauser de Richard Wagner. Miré a Ilse, implorando su ayuda.

—Wagner siempre... —dijo Ilse.

—Me interesa la opinión de Herr Günter —la cortó Inga. Y se volvió de nuevo hacia mí con una amplia sonrisa.

Yo también sonreí. Era una forma de ganar tiempo, antes de dirigirme al cadalso. La sonrisa estúpida del pobre desgraciado, porque era evidente que si no conseguía salir airoso me colgaría allí mismo. Veamos, medité deprisa. Si Ilse había mencionado Wagner, significaba que Parsifal algo tenía que ver con el compositor. ¿Qué es lo que me había sorprendido de cuanto llevaba escuchado en la sala...? Nada, porque no había estado al quite.

—Grandioso, siempre grandioso —se me ocurrió decir—. Wagner es sublime —la frase idiota de quien no sabe qué decir.

Inga iba a replicar, pero en aquel preciso instante anunciaron que se iniciaba el último acto. ¡Me había salvado!

Acabada la representación huí como alma que se lleva el diablo. No podía volver a enfrentarme con Inga Hulmmer, a pesar de que parecía amable.

Días después, cuando me encontré con Ilse, conocí el veredicto.

—No tienes ni idea de ópera y no la has engañado, pero dice que eres simpático.

¡Uf! ¡Qué descanso!

Johannes Hulmmer era un hombre alto y corpulento, serio, con una mirada directa que parecía desnudarte. Conservaba buena parte de su cabello, de un color indefinido porque el blanco se mezclaba con el rubio. No era muy hablador. Cuando formulaba una pregunta siempre era certera y, evidentemente, exigía una respuesta en consonancia con la cuestión.

Yo estaba convencido de que conocerle sería mucho más duro, pero resultó una balsa de aceite, si lo comparo con lo que padecí en la ópera. Supongo que su esposa, gracias a una hábil labor de zapa, fue preparándole, y aquella primavera entré en su casa. Si ya había conquistado el corazón de Inga, la batalla estaba medio ganada. Eso me dijo Ilse, y descubrí que, al contrario de lo que había imaginado, su madre era alegre y dicharachera y contrastaba poderosamente con el carácter cerrado de su esposo. Mi madre siempre me decía:

—Cuando conozcas una chica y te guste, procura conocer lo antes posible a su madre, porque dispondrás de un retrato aproximado del futuro que te aguarda.

¡Bien! Si era cierto, lo que pensaba mi madre, me esperaba un futuro alegre.

Me habían invitado a cenar y yo había invertido una parte de mis ahorros en comprarme un traje como Dios manda. En una ocasión tan señalada no podía presentarme con la ropa de un amigo.

La cena fue agradable, aunque no me acuerdo de los platos que me sirvieron; no comí demasiado, a pesar de que tenía un hambre que me devoraba. Mi estómago, sin embargo, se manifestaba contradictorio. Durante toda la velada me sentí observado por aquellos ojos escrutadores. La conversación fue distendida, a pesar de que, de trecho en trecho, el empresario soltaba alguna de sus preguntas.

Cuando ya creía que todo había concluido, Johannes se levantó de la mesa y me invitó a seguirle hasta la biblioteca. Los hombres teníamos que hablar, dijo. Y yo me pregunté qué significaba hablar. Ilse me apretó la mano y me dedicó una sonrisa. Inga no dijo nada.

La biblioteca era una sala grande, forrada de libros y con una chimenea que presidía un espacio más pequeño donde había una mesita baja y dos sofás. Todo decorado en madera. Un rincón cálido y agradable, aunque Ilse me había dicho que su padre no leía demasiado. No tenía tiempo, pero le agradaba sentirse rodeado de cultura. Eso impresionaba a la gente que le visitaba.

—Mi esposa me ha comunicado que Ilse y usted se ven con cierta frecuencia. ¿Puedo preguntarle por sus intenciones, Herr Psarris? —me soltó mientras me alargaba la copa de coñac, se sentaba en el sofá y me indicaba el que tenía enfrente.

Era hombre de empresa, sin duda, e iba al grano. Me senté e imité su movimiento, removiendo la copa. Después me aclaré la garganta. No esperaba una pregunta tan directa.

—Por desgracia mis padres han muerto y no dispongo de nadie que pueda hablar por mí. Mi hermana Laura vive en Viena, casada con un importante funcionario —mentí. La verdad es que, en aquellos momentos, no sabía qué puesto ocupaba Hans. Pero, ¿qué podía decirle?—. Por lo que he podido ver, usted es un hombre a quien le agrada hablar claro, y yo también aprecio las palabras justas y precisas.

—Muy bien, joven —aplaudió el inicio de mi discurso y, tal vez, me enviaba el mensaje de que bueno sería dejar a un lado largos preámbulos y también ir al grano.

—Amo a su hija, Herr Hulmmer, y lucharé por ella —exclamé, y me quedé callado, mirándole directamente a los ojos, sin parpadear.

¡Menuda estupidez! Aún no sé cómo se me ocurrió decir que lucharía por ella, porque, que yo supiera, en aquellos momentos no existía rival alguno. Sin embargo, constaté que Johannes Hulmmer me miraba sorprendido. Agradablemente sorprendido, diría.

—¿Con qué cuenta para vivir? —preguntó, tras un silencio que se me antojó eterno.

—Conmigo, señor.

—No creo que el sueldo de un profesor de instituto le permita proporcionar a Ilse el ritmo de vida al que está acostumbrada —dijo, muy serio.

—Poseo una pequeña cantidad de dinero que obtuve por la venta de la casa de mis padres y no seré eternamente un simple profesor de instituto —le contesté con seguridad—. Dentro de pocos meses me licenciaré en la universidad y entonces buscaré otro trabajo más en consonancia con mi posición.

—¿Tiene aspiraciones?

—Tengo ambición, señor —seguí en el mismo tono, que parecía ser de su agrado—. Ambición y amor por su hija. Y un hombre enamorado...

—El amor es muy romántico, pero poco práctico —me cortó, alzando la mano. Era evidente que ya me había tomado la medida y ya tenía bastante.

—Depende de como se mire, señor —repliqué. Si había dicho que lucharía, no podía permanecer callado—. He escrito a mi hermana y he recibido su respuesta hace un par de días. Me han hecho una oferta para ocupar el cargo de profesor en la universidad de Viena, donde puedo entrar a formar parte del equipo de investigación del doctor Lotslagenheimmer.

Me pareció que esas cosas de doctores y de investigadores podían impresionar, pero no hizo ningún gesto en especial, sino que dijo:

—Eso significa que, si se casan, Ilse debería acompañarle.

—No significaría en absoluto que ustedes perdiesen a su hija —me puse en guardia.

—¿Ha aceptado el cargo?

—Aún no. Dispongo de tiempo hasta el verano para responder. Necesitan cubrir la plaza una vez se inicie el nuevo curso y yo he de tener la seguridad de haber aprobado. Por el momento mi historial académico es excelente y he de conseguir acabar de la misma manera que he empezado.

—¡Bien! —asintió con uno sólo movimiento de su cabeza—. Más vale que no lo comunique, ni a Ilse ni a mi esposa. Un hombre que tiene ambiciones y empuje, siempre puede hallar algo más cerca. Si dispone de tiempo hasta el verano, no tome ninguna decisión precipitada —hizo un corto silencio, sonrió, y con un tono más suave, añadió—: Es un consejo que quiero ofrecerle, si me lo permite.

—Se lo agradezco —acepté asintiendo con la cabeza.

Nos quedamos callados un rato. Parecía como si la conversación hubiera concluido. Ambos paseábamos la mirada por las estanterías llenas de libros, removíamos las respectivas copas y saboreábamos lentamente el coñac. Sin embargo, yo no me sentía distendido, sino que había una pregunta en mi cerebro que me martirizaba hasta el punto que no pude aguantar más.

—¿He de entender que tengo su permiso para visitar a su hija? —pregunté, finalmente.

Aquí se hizo un silencio más eterno que el anterior, aunque seguramente fue igual de largo, pero cuando la respuesta que esperas es esencial, el tiempo adquiere otras dimensiones.

Johannes clavó los ojos en su copa. En aquellos momentos descubría que su única hija ya era una mujer y que la vida sigue su curso. Removió el líquido, calentándolo con la mano abierta, abrazando el cristal. Nunca sabías lo que pensaba. Y no dijo nada. Simplemente apuró la copa e hizo que sí, con la cabeza. Entonces se levantó y yo entendí que la conversación había acabado y que había superado la primera prueba. También apuré el coñac de un sólo trago. Lo necesitaba.

—Visitarla —dijo cuando alcanzaba la puerta—. Visitarla —repitió, por si no había quedado bastante claro que su consentimiento no iba más allá y que la conversación había sido informal. Una conversación entre dos hombres que hablan de un tercero que no les afecta nada de nada.

Así era Johannes Hulmmer. Por fuera frío, pero por dentro seguro que su corazón hervía por su hija.

Aquella primavera también supuso la anexión de Bohemia y Moravia al III *Reich*, con lo que Checoslovaquia dejó de existir y se convirtió en un protectorado alemán.

¿Protectorado...? Hitler ya se había apoderado de los Sudetes en Septiembre del año 1938 y Austria le rendía homenaje desde el mes de Marzo del mismo año. Un cardenal, Joseph Tiso, que presidía el gobierno autónomo de los Cárpatos, abría los brazos y las puertas de Checoslovaquia al dictador, y Hitler extendía sus dominios hacia Europa. Mi padre pertenecía a la iglesia griega ortodoxa y mi madre fue educada en el catolicismo. Él no practicaba su religión y mi madre, al contrario, era muy devota. A mí me educaron en la religión católica y ella me llevaba a misa. Sin embargo, yo no acababa de comprender el papel que había jugado un cardenal en todo aquel asunto ni por qué la Iglesia se mezclaba en temas de estado. A mí siempre me había parecido entender que los sacerdotes y los obispos están para procurar por nuestras almas y no por los avatares de la política.

Por otro lado, en Abril, acabó la guerra en España, conflicto que todos los alemanes seguíamos con mucho interés, sin tener en cuenta que fue una guerra cruel como no había habido otra, porque se enfrentaron hermanos contra hermanos. Sin embargo, nuestros mandos militares sólo veían que allí se habían preparado pilotos de la Luftwafe. Hitler no podía desear nada mejor. Todo un inmenso país como campo de tiro y de entrenamiento para nuestros aviadores. Y, al final, muchos españoles tuvieron que huir y cruzar la frontera francesa. Pero eso, a nosotros, nos importaba un comino. Vivíamos bien y la guerra estaba lejos, en un país situado más allá de Francia.

El mismo mes, como si el final de un conflicto significara el inicio de otro, Italia también dio paso a su expansión, mientras el rey Zogu de Albania se veía obligado a huir y a refugiarse en Grecia, la patria de mis antepasados, la tierra de los grandes héroes mitológicos.

Aquel mismo mes de Abril los ingleses y los polacos anunciaban la firma de un tratado militar de defensa mutua y Hitler respondía con la cancelación de los pactos navales y de amistad con Gran Bretaña y Polonia. ¿Amistad...? ¡Qué palabra más grosera en boca de según quien!

Pero lo más grave fue que los alemanes nos sentíamos ofendidos e incluso aplaudíamos aquellas decisiones. Aún teníamos heridas abiertas por culpa de una guerra perdida y de una humillación que Hitler supo utilizar adecuadamente para hacer renacer de nuevo el sentimiento de orgullo que todo pueblo debe tener. Por esa razón las guerras son nefastas, para el vencedor y para el vencido, porque el vencedor debe mantenerse constantemente en guardia y el vencido espera la ocasión para recuperar el honor y la gloria y, si puede, devolver todos los golpes recibidos.

Los torrentes pueden permanecer en calma durante mucho tiempo. Incluso pueden engañarnos. Sin embargo, tarde o temprano las aguas recuperan su fuerza y arrastran cuanto hallan a su paso. Hadler, aquel desgraciado con quien me enfrenté el día siguiente a la noche de los cristales rotos, no dejaba de provocarme y, llegado el verano, abandonó el instituto para ingresar en las filas de las SS. Ahora se convertía en algo más que peligroso, porque tenía una memoria de elefante para las ofensas.

Durante aquellos meses, Johannes constató que yo no era un aprovechado ni alguien que pretendía hacerse con la dote de su única hija. En dos ocasiones me ofreció entrar a trabajar en su empresa, pero yo rechacé su proposición. No encajaba en un despacho, siendo el yerno del amo. Además, quería dedicarme a la investigación y Johannes sólo fabricaba.

—Tarde o temprano, alguien tendrá que sustituirme y hacerse cargo del negocio —me dijo un día.

—Alguien que sepa y que sea capaz de dirigirlo como es debido —le contesté—. Y yo no me siento preparado.

—Eres honrado y juicioso —dijo. Ya me tuteaba. Yo, evidentemente, no—. En esta vida todo se aprende. Escucha con atención. La primera cualidad, la honradez, en determinadas circunstancias puede constituir un defecto. Sobretodo en el difícil mundo de los negocios, donde todo tiene cabida. Pero he de reconocer que la segunda, el buen juicio, es, en todo lugar y en todo momento, una virtud.

Aquella era su forma de comunicarme que me respectaba y que estaba contento, porque su hija había hecho una buena elección. También era una forma de decirme que, tarde o temprano, acabaría trabajando para él y que, finalmente, tendría que hacerme cargo de las riendas del negocio. Él no tenía prisa y sabía que la paciencia es una virtud innegable. Era un hombre inteligente y estaba dispuesto a que yo adquiriese experiencia en otros terrenos, porque decía que la experiencia es acumulativa y que otras ocupaciones acaban por aportar nuevas ideas. Tiempo tendría para enseñarme todo lo que él quería, a pesar de que no dejaba escapar una sola oportunidad para transmitirme parte de su sabiduría empresarial y aprovechaba cualquier comentario para ello.

Tanto daba que hablásemos de virtudes o de música. Él siempre sabía dar con la forma y acababa ligándolo todo para convertirlo en un ejemplo que le servía para explicarme cómo había de llevarse un negocio.

Durante aquellos meses me moví en ambientes distintos de aquellos a los que estaba habituado. La madre de Ilse me presentó a mucha gente y asistí a algunas fiestas. Iniciaba una nueva vida y era feliz. ¡Quién me lo habría dicho! El hijo de un inmigrante era recibido en casa de gente de la burguesía alemana, y me trataban con consideración.

Pero todo cambió a comienzos de Junio. Yo había ido a visitar a Ilse y me encontraba en la sala, en presencia de su madre. Johannes se presentó hacia las seis de la tarde, hecho sorprendente, porque siempre llegaba pasadas las ocho. Le vi extraño, más serio y más preocupado de lo habitual. Nos saludó y se dirigió a la biblioteca. Un rato después, regresó y me pidió que le acompañara. Deseaba hablar conmigo.

—¿Aún estás en disposición de aceptar la oferta de Viena? —me preguntó nada más cerrar la puerta de la biblioteca, en pie.

—He de responder antes de fin de mes, pero como estoy pendiente de otra posible oferta que su amigo Herr Malden me ha insinuado...

—Acepta la oferta de Viena —me ordenó, más que me aconsejó.

Me quedé de una pieza. ¿Qué significaba aquello? ¿Que ya no era de su agrado? ¿Quizás quería apartarme de Ilse? Y sentí un escalofrío que recorría toda mi espalda.

—Pero... —protesté.

—Peter Malden no te hará ninguna oferta —sentenció.

—No me iré sin su hija —me cuadré.

—Podemos fijar la boda para este verano —me contestó—. Mediados de Julio sería una buena fecha.

—Señor, yo... —me quedé mudo. No comprendía nada de nada. ¿A qué venía aquel cambio tan inesperado y aquellas prisas?

—¿No me dijiste que la amabas?

—¡Naturalmente! —exclamé—. Sin embargo, aún no estoy en disposición de mantenerla como ella se merece. El último examen lo tengo dentro de un par de días y ya habré acabado, pero...

—Eso no ha de preocuparte. Lo que quiero es que te la lleves a Viena, lejos de aquí —me contestó, y se mordió los labios.

—¿Tan grave es? —pregunté. Le contemplaba y no acababa de creer que aquel hombre tuviese miedo. Sin embargo, sus ojos reflejaban una profunda preocupación.

—Hace unos días un par de hombres, que se presentaron como inspectores de hacienda, se personaron en la fábrica —empezó a hablar en un tono bajo—. Estuvieron largo rato y solicitaron información sobre mis empleados, sobre mí y sobre nuestros clientes.

—¿Y qué? Usted no tiene nada que ocultar.

—No, evidentemente. Pero así es como se inició el declive y la caída de otro empresario. Primero una visita fortuita, después una conversación con los clientes, luego los pedidos que empiezan a escasear, los empleados que se despiden y... —Negó con la cabeza.

—¿Y qué le hace suponer que se trata del mismo caso?

—Ni miraron las cuentas y no había que ser un lince para adivinar que no entendían ni una palabra de contabilidad. Además, iban armados. Le vi la pistola a uno de ellos. Esta tarde he recibido una llamada de Peter Malden. Le habían visitado dos hombres y le habían preguntado si él compraría a un hombre que no es un buen alemán. No han mencionado mi nombre, pero cuando le han sugerido un nombre para ocupar la vacante que tiene en su empresa... —me explicó, y dejó la frase en el aire. No necesitaba añadir nada más, pero prosiguió—. No te hará ninguna oferta, porque ya ha tomado a otro físico para la fundición. El pobre me llamaba para disculparse. Está asustado. Su negocio depende de los pedidos del ejército y perder ese cliente sería perderlo todo. ¿Comprendes?

—Mañana mismo escribiré a mi hermana y aceptaré el puesto en la universidad.

—No digas nada a Ilse, y menos a Inga —insistió de nuevo en este punto—. Conozco muy bien a mi esposa y ya sé cómo se lo tomará. Hay que prepararla.

Ya no tocamos el tema hasta el día de la boda, el 14 de Julio. No sé cómo se las apañó Johannes, pero Inga aceptó que la boda fuese precipitada y, lo que aún es más increíble, que Ilse y yo nos fuésemos a vivir a Viena. Estoy convencido de que Johannes, al final, le confesó que era la mejor solución para proteger a su única hija, y algo cosa más debía de explicarle, porque la ceremonia fue sencilla, con pocos invitados, sólo los más íntimos. Muchos se habían excusado. Del árbol caído todos hacen leña.

Por mi parte sólo asistieron Frau Reitlinger, que lloró como nunca lo había hecho, y, naturalmente, Herr Voss. Ella había sido como una madraza para mí y él había tomado el relevo de mi padre y me había protegido de Hadler tanto como había podido. Era un gran hombre y me estrujó la mano con energía para desearme buena suerte. Hacía unos días que le había comunicado que había aceptado la oferta de Viena y lo encontró muy acertado. La distancia ayuda a diluir muchas cosas.

Laura y Hans recibieron la noticia de mi boda casi el mismo día de la ceremonia y me llamaron por teléfono. Tuve que inventar mil excusas. Todo se había precipitado, queríamos marcharnos juntos, sus padres habían cedido, había que aprovechar la ocasión... y no sé cuantas tonterías más, que procuré que sonaran convincentes.

Recogí mis pertenencias de casa de Frau Reitlinger, que volvió a inundar el suelo de lágrimas, y me fui a vivir a casa de los padres de Ilse.

Cada mañana desayunaba como cuando vivía mi madre. ¡Ya ni me acordaba! ¡Pobre mujer! Habría sido muy feliz, inmensamente feliz. Y mi padre se habría sentido muy orgulloso de mí, de mi título de físico y de la esposa que había escogido. Pero lo mejor de todo, no era el desayuno, sino el beso con el que ella me despertaba cada mañana. Era como vivir encaramado en una nube, a pesar de que después llegaba la realidad y el mundo exterior seguía mostrándome que Alemania había caído de lleno en la locura.

En aquellos días aparecieron nuevos edictos contra los judíos. Ya no se conformaban con pintarles una jota en su pasaporte, símbolo de *jude*. Les impedían acceder al permiso de conducir y sus hijos no podían asistir a las escuelas alemanas, de la misma manera que los adultos tenían prohibido presentarse a los exámenes para la industria y a los de veterinario, dentista o farmacéutico.

El padre de Ilse, aunque no dijo nada, perdió dos operarios, que no fueron reemplazados. La empresa decaía. Sin embargo él no decía nada, sino que todo se lo guardaba, sonreía a menudo y ponía cara de felicidad cada vez que su hija estaba presente. Conmigo tampoco hablaba del negocio, sino que desviaba la cuestión con mucha habilidad y procuraba hablar de los negocios en general, como si siguiese su táctica de hacerme depositario de sus conocimientos y de su experiencia, pero yo no veía en él el mismo entusiasmo de antes.

Días después Ilse y yo partimos hacia Austria. A Inga le saltaron las lágrimas cuando el tren arrancaba y arrastró las de Ilse. ¡Dios mío! Todo eran lágrimas. Johannes, sin embargo, permaneció sereno y firme, como era su costumbre, sin jamás exteriorizar sus sentimientos en público.

—Cuida de ella —me había ordenado dos días antes. Y lo había hecho en un tono imperativo.

—Le juro que la haré feliz —le había contestado.

—Toma —me había dicho, depositando en mis manos un sobre lleno de dinero.

Yo había intentado rechazarlo. Podía velar por su hija, había argumentado. Pero él había insistido hasta obligarme a aceptarlo. No podía haber discusión.

—Es la única hija que tenemos y no quiero que le falte de nada.

—No le faltará de nada. Tiene mi palabra de honor.

El humo de la caldera alcanzaba las vueltas de la techumbre de la estación cuando el último vagón abandonó el andén. Ilse se secó las lágrimas, se apartó de la ventana y me abrazó. Yo pensaba en Johannes, en su mirada cuando me había dado el sobre con el dinero, y en Inga, en la forma como había apretado mi brazo, justo antes de subir al tren.

—Nos veremos en Navidad —le había dicho yo, sonriente.

—Si Dios quiere —me había contestado ella.

Si Dios quiere, meditaba yo. Ilse iba camino de otra vida, lejos de sus padres, y supongo que ellos debían de imaginar que un nuevo horizonte se abría frente a nosotros y rezaban para que yo fuese capaz de cuidar de su hija.

Atravesamos Alemania y comprobé que la Gestapo vigilaba todas las estaciones. No pudimos zafarnos de los constantes controles. Aún así, por fortuna todos nuestros documentos estaban en orden y franqueamos todas las barreras sin el menor tropiezo, a pesar de que fuimos testigos de diversas detenciones de personas que, por una u otra razón, intentaban escapar de las garras de un Estado que cada día se volvía más y más policial. El III Reich, el de los mil años que anunciaba Hitler, tenía que disponer de buenos cimientos para mantenerse tanto tiempo. Y los alemanes, disciplinados y obedientes como éramos, aceptábamos aquellas imposiciones como si formasen parte de la propia vida.

Fue en territorio austriaco donde presenciamos el hecho más dramático.

El tren se había detenido en una pequeña población, de la que no recuerdo el nombre, pero que bien podría servir como motivo para una postal. Casas pequeñas de alegres ventanales cubiertos de flores por todos lados, que se alineaban a lo largo de toda la calle que daba a la estación, y rodeadas de montañas llenas de vegetación. El único elemento discordante de tan bucólico paisaje era otro tren, una locomotora negra que arrastraba un montón de pesados vagones de mercancía y que parecía esperar la orden de partir.

Ocupábamos un compartimiento, porque no habíamos conseguido billetes de cabina individual. Entre la boda, una cosa y otra, nos habíamos despistado y a última hora tuvimos que conformarnos con lo que encontramos. Cuando menos, el billete era de segunda y no teníamos que viajar en el vagón de tercera, entre cajas y paquetes que llenaban todos los rincones, sino que el compartimiento era cómodo y amplio, con buenas butacas, y podíamos salir al pasillo para estirar las piernas.

Ilse se había adormecido y su cabeza reposaba sobre mi hombro. De pronto, se despertó, abrió los ojos y me miró. Después miró hacia la ventanilla.

—¿Dónde estamos? —preguntó.

—En mitad de un cuento de hadas —bromeé.

—¿Falta mucho para llegar a Viena?

—Supongo que no, porque ya estamos en Austria. No obstante, todo depende de lo que nos entretengan —sonreí. Entonces mis ojos descubrieron la presencia de aquellos hombres—. Otra vez la Gestapo —murmuré, mientras todo mi cuento de hadas se esfumaba ante los uniformes y los trajes oscuros de paisano que rompían la armonía del conjunto—. Se ha acabado el cuento de hadas y empieza otro de terror —le dije, al oído.

Desde que habíamos abandonado la estación de Brandemburg no cesábamos de ver uniformes y tropas por todos lados, mucho movimiento ordenado, tal como saben hacer en mi país.

¿Mi país...? ¡Bien! Allí nací. Debe ser mi país, aunque yo no me sienta de ninguna parte en concreto. Por eso digo mi país, porque parece que toda persona ha de tener un lugar que considere como propio.

Lo cierto es que daba la sensación de que el ejército se preparaba por algo gordo. Se hablaba de Polonia, pero sólo en voz baja. Sin embargo, no acababa de creérmelo, porque las potencias occidentales, con Francia y Gran Bretaña al frente, habían dejado muy claro que no tolerarían ninguna acción contra aquel país, la patria de mi padre.

Estábamos cansados por el largo viaje y deseaba llegar a Viena y poder sentarme tranquilamente en un sofá como Dios manda, a pesar de que a ratos viajábamos solos y podíamos estirar las piernas con toda comodidad.

Frente a nosotros, en el mismo compartimiento, habían ido desfilando personas de todo tipo y condición, desde matrimonios con hijos hasta ancianos. Casi no hablamos con nadie. Nosotros disfrutábamos de nuestro propio mundo, y más de uno de aquellos matrimonios nos miraban y sonreían divertidos. No podíamos disimular que éramos unos recién casados.

Ahora nos encontrábamos en compañía de un hombre gordo que había intentado entablar diversas conversaciones con nosotros y con otro hombre que también nos acompañaba, de unos cuarenta años, alto y delgado, moreno y con pinta de nervioso. Había tomado el tren cuatro estaciones antes.

El hombre gordo nos había informado que trabajaba de representante de una casa de lencería para el hogar, que era el mejor y que por eso podía permitirse viajar en segunda, y, después de presentarnos con todo lujo de detalles las excelencias de sus productos, se había interesado por nosotros. Quería aparentar una exquisitez de la que carecía, porque era gritón y grosero. Yo le había respondido sin demasiado entusiasmo y, finalmente, se había dirigido hacia el otro hombre. Tampoco había conseguido mucho éxito. De manera que se cansó de hablar solo y guardó silencio. Desde entonces habíamos podido viajar tranquilos.

Llevábamos ya unos cuantos minutos detenidos y la figura del revisor cruzó fugazmente por delante de la puerta del compartimiento. El hombre delgado y nervioso se levantó, abrió la puerta y salió al pasillo.

—¿Por qué tardamos tanto en arrancar? —escuchamos que preguntaba.

—Pura rutina, señor —le contestó el revisor—. En cuanto acabe el control, podremos reemprender el viaje.

—Ya hemos sufrido dos controles. ¿No es suficiente?

—Quieren pasar compartimiento por compartimiento. Eso es el que me han dicho.

Aquel hombre entró de nuevo y se acercó a la ventanilla, que se hallaba casi por entero ocupada por el enorme cuerpo del viajante. Sus ojos no cesaban de escrutar el exterior, se movía inquieto y murmuraba palabras en voz tan baja que no entendí nada de lo que decía.

De pronto una escena llamó su atención y se quedó unos instantes con la mirada fija en un punto. Era evidente que dudaba. Se volvió, nos miró, a Ilse y a mí, se mordió el labio, se retiró de la ventanilla, tomó su maleta, se despidió deprisa y salió.

Instantes después pudimos verle en el andén. Parecía no saber hacia donde ir. Tan pronto miraba arriba y abajo como comenzaba a caminar, como se detenía, como rehacía sus pasos.

—¡Usted! ¡Acérquese! —oímos una voz autoritaria, sin poder ver quién había dado la orden.

Sin embargo, aquel hombre, lejos de obedecer, soltó la maleta, salió disparado hacia las vías y desapareció entre los vagones de mercancías del otro tren.

Gritos, pasos, órdenes y miembros de la Gestapo que también echaron a correr arriba y abajo. Todo iba manga por hombro, ofreciendo un espectáculo a los viajeros que ya estábamos hartos de esperar.

No había transcurrido ni un minuto cuando volvimos a escuchar el sonido de las botas militares sobre el andén de madera. Nuevos Gestapo se sumaron a la persecución. Y, poco después, más gritos, dos disparos y el silencio absoluto.

El representante de lencería había bajado la ventanilla y permanecía apoyado con casi medio cuerpo fuera para no perderse el menor detalle. Entonces empezó a hablar y a parlotear, a retransmitir todo lo que veía. Yo también me había levantado y miraba por la ventana, mientras que Ilse se había agarrado a mi brazo con fuerza.

Yo no pensaba en nada. Sólo oía la voz de aquel viajante gordo, pero no escuchaba lo que decía, sino que tenía el corazón en un puño.

Un hombre de traje oscuro y sombrero surgió de entre los vagones de mercancía e inmediatamente después aparecieron dos soldados que medio arrastraban el cuerpo del infortunado. Parecía herido, porque caminaba cojo, detalle que pude confirmar cuando estuvieron más cerca.

Un tercer soldado se sumó para impedir una posible huida del prisionero y, cuando subían al andén e izaban aquel cuerpo, el pobre hombre soltó un grito de dolor y se plegó para agarrarse la pierna derecha. Lo recuerdo como si fuese ahora mismo. Entonces, el soldado que cerraba la comitiva descargó un culatazo de su fusil en los riñones del desgraciado.

Ilse escondió la cara en mi brazo y se cubrió la boca para impedir que el grito escapase de su garganta.

—¡Le han cogido! —exclamó el representante de lencería. Esta vez sí que le oí y le escuché, porque el muy animal se mostraba contento, eufórico, entusiasmado. Quizás, incluso, le habría gustado encontrarse entre los soldados—. Era un tipo muy extraño. Yo enseguida he sospechado de él. ¿Se han fijado que tenía cara de judío? —añadió con entusiasmo.

No respondí. Abracé a Ilse y la ayudé a sentarse. Deseaba contradecirle, pero preferí guardar silencio. El poder de la Gestapo era tan grande que podían detener a cualquier en cualquier momento y bajo cualquier acusación. Había que ser prudente.

¡Éste era el Reich de los mil años!

4 - VIENA

La estación estaba llena de gente. El tren hizo su entrada majestuosa, con lentitud, y se detuvo junto al andén después de soltar un buen par de resoplidos. ¡Por fin habíamos llegado! Cansados, apaleados y agotados, pero felices.

Nos apeamos y nos mezclamos con la gente que se movía sorteando a los que ya habían encontrado a sus parientes o amigos y se abrazaban. Llevaba el resguardo del equipaje en la mano y buscaba un mozo para entregárselo y que se hiciese cargo de localizarnos el baúl y las dos maletas, pero todos andaban muy atareados y yo debía de parecer un pobre desgraciado con un papel en la mano, levantando el brazo y quedándome con la palabra en la boca.

—¡Günter! ¡Günter! —escuché mi nombre pronunciado por una voz femenina que me era muy familiar, y me volví.

Bajo aquella mano que se agitaba como una banderola reconocí a Laura. Iba enfundada en un vestido verde un poco llamativo y echó a correr hacia nosotros haciendo caso omiso del jefe de estación que intentaba impedirle que traspasara el control sin entregarle el billete de andén. Ella se detuvo un instante, enfadada, y le dijo algo. No había cambiado nada en absoluto. Era la misma de siempre. Entonces, el jefe de estación inclinó la cabeza, se apartó y la dejó pasar.

Llegó con toda la carga de alegría, se lanzó a mis brazos y soltó pequeños gritos, mientras me estrujaba con fuerza, alzaba los pies del suelo y me obligaba a mantener el equilibrio. Desbordaba felicidad. Yo era su hermano preferido, me repetía siempre, cuando era un mozalbete. Y yo sonreía satisfecho, sin tener en cuenta que también era su único hermano.

—Te presento a Ilse —dije, cuando conseguí liberarme de aquel abrazo y recuperar la facultad de respirar. Entonces me volví hacia mi esposa—. Ilse, esta es mi hermana Laura, la mayor alborotadora de este mundo.

—¡Qué alegría! —exclamó Laura, abrazó a Ilse con entusiasmo y le dio dos besos que resonaron por toda la estación. Después se retiró un poco, sin soltar sus manos, y la examinó sin ningún pudor, de arriba abajo—. No me extraña que hayas cazado a la oveja negra de la familia. Eres preciosa. Mi padre decía que no sacaríamos punta de él, siempre entre libros y con extrañas ideas en la cabeza — De pronto, sin permitir que Ilse abriese la boca, mudó de conversación—. ¡Habéis tenido buen viaje? ¿Sí? ¡Ay, querida! Tienes que contarme muchas cosas. Tienes que contármelo todo —se entusiasmó—. Seguro que estáis cansados. Haremos lo siguiente: vendréis a casa, tomaréis un baño de espuma, cenaremos y a dormir. Mañana, con calma, os acompañaré a vuestro nidito de amor. ¡Qué ilusión! Es un apartamento precioso que Hans os ha conseguido. Pero tú, querida, tienes que contármelo todo. Seréis muy felices en Viena. Es una ciudad magnífica. Ya lo veréis... —gesticulaba sin parar, como si la estación fuese suya.

Miré a Ilse y alcé las cejas, mientras apretaba los labios y torcía el cuello para dejar caer la cabeza hacia un lado. Laura era así. Hablaba sin parar y nunca se cansaba. En sus labios, cualquier detalle se convertía en motivo de conversación y, a su lado, nadie podía pronunciar más de cinco palabras seguidas, porque a la que te detenías para respirar, ya te había robado la palabra. Lo explicaba todo: desde la comida de los niños hasta la falda que se había comprado aquella mañana, sin omitir la conversación que había sostenido con la dependienta. Una auténtica ametralladora verbal, capaz de permanecer atenta a tres conversaciones simultaneas sin perder el hilo de ninguna de ellas ni por un instante. Mi madre también poseía esa habilidad, pero Laura la había incrementado hasta extremos inimaginables.

Ya había olvidado el resguardo del equipaje y Laura se colgó de mi brazo, agarró a Ilse por la cintura y echó a andar. Evidentemente, sin dejar de hablar y hablar, ajena por entero al bullicio de la estación. Junto a ella siempre se tenía la sensación de que el mundo giraba a su alrededor.

Me sentía cada vez más cansado y caminé con la vista baja, hasta que mis ojos toparon con unas botas de media caña. En aquel instante, Laura calló en seco y se detuvo.

Alcé la mirada y me encontré con la figura alta y delgada y el rostro de Hans. ¡Dios del cielo!, estuve a punto de gritar.

Hans vestía el uniforme negro y plata de las SS. En su brazo izquierdo lucía un brazalete con la cruz gamada y su gorra de plato exhibía amenazadora la calavera bajo el águila con las alas desplegadas, que permanece posada sobre un círculo que circunscribe otra cruz gamada que es la hermana menor de la del brazalete.

Al ver aquel uniforme el corazón me dio un vuelco. Sin embargo, reaccioné de inmediato, me volví hacia Laura y le dediqué una amplia sonrisa, al tiempo que le decía:

—¡Esto se avisa! Un oficial de las gloriosas SS... —y solté un prolongado silbido de fingida admiración.

—Os presento al capitán Hans Teschler —dijo Laura con muestras de evidente orgullo. Y pronunció la palabra capitán con energía y con marcado acento.

—¿He de tratarte de usted o puedo seguir tuteándote? —bromeé.

Hans sonrió. Le había gustado mi reacción. Entonces me ofreció su mano sin doblar el espinazo, dominador y seguro de sí mismo.

—Te presento a Ilse —me volví hacia mi esposa—. Éste es Hans, de quien ya me has oído hablar. Bien... el capitán Hans Teschler de las SS —repetí.

Hans se avanzó, la abrazó y le dio un par de besos.

—Encantada, capitán... —dijo Ilse con timidez.

—Llámame Hans y tutéame, por favor —sonrió él.

—He de recoger el equipaje —dije, con el resguardo en la mano. Acababa de recordarlo en aquel instante.

Hans me lo quitó y, sin siquiera darse la vuelta, hizo chascar los dedos y un soldado vino corriendo. No le dijo nada. Simplemente le entregó el resguardo y ya hubo bastante. Ni le había mirado.

Cuando llegamos a la calle, nos aguardaba un coche oficial y dos soldados ya habían comenzado a cargar nuestro equipaje. Era evidente que Hans acababa de hacernos toda una demostración de su poder y de la eficacia del ejército del III Reich. Y se le veía satisfecho.

Durante todo el trayecto escuchamos las explicaciones de Laura. Por ella nos enteramos de que Hans había obtenido el grado de capitán de las SS gracias a su brillante labor al frente de las filas del partido nazi, antes de la anexión de Austria. Una carrera rápida, sorprendente y brillante, y un salto espectacular que les había permitido mudarse de vivienda y acceder a una casa con jardín y codearse con la alta sociedad de Viena. Ella, hija de un inmigrante polaco, ahora se movía en las esferas próximas a Eichmann, artífice por excelencia de un ingenioso plan para «limpiar» Austria de judíos y de indeseables.

Yo la escuchaba con atención y con estupor. Mi hermana, aquella que de pequeña jugaba conmigo, cuando nuestro padre tenía que luchar para construir un futuro, la misma que renegó de todo y de todos cuando nuestro padre murió, con sangre griega y polaca en las venas, hablaba de la gente que no era de raza pura germánica con un desprecio desmesurado y absolutamente impropio de su persona. Dicen que no hay peor fanático que un converso, y debe ser verdad. ¿Qué es lo que hace cambiar a un ser humano hasta el extremo que se nos antoja un desconocido?, me preguntaba yo, mientras escuchaba en silencio.

Hans, por su lado, manifestaba en sus ojos el orgullo que sentía por su esposa. En ella tenía la mejor propagandista del régimen nazi y seguro que más de uno de sus superiores le había felicitado.

A medida que desfilaban las calles ante nuestros ojos, todos los misterios se desvanecían. La rapidez de la respuesta de Laura, ya no tenía secreto; el puesto que me había conseguido en la universidad, en el equipo de investigación del doctor Lotslagenheimmer, tampoco representaba ninguna sorpresa; y no hablemos del apartamento que nos había encontrado en pleno centro de la capital, amplio y cómodo, luminoso y orientado al Sur, muy cerca del Konzerthaus, el templo de la música vienesa, y a un precio verdaderamente irrisorio. Y no se cortó lo más mínimo cuando nos explicó que pertenecía a un judío a quien se lo habían expropiado. E inmediatamente corrigió el verbo y nos dijo que más que expropiado, el judío en cuestión había hecho donación «voluntaria» al gobierno al abandonar Austria, porque no había podido venderlo. Me horrorizaba descubrir que Laura ponía todo su empeño en que su lenguaje fuese lo más ajustado y empleaba las palabras oficialmente aceptadas.

—Por cierto —dijo de pronto—. Aunque haya pertenecido a un judío, no debéis preocuparos. Hans ha ordenado desinfectarlo de arriba abajo —soltó con un gesto de disgusto, casi de asco.

Noté que Ilse me apretaba la mano con fuerza. Ella también pensaba como yo y pensaba en sus padres y en la forma en que habíamos abandonado Berlín. Sin embargo, no hizo el menor comentario, sino que con mucha habilidad desvió la conversación y se interesó por la vida de Viena, por su arquitectura monumental, por los parques y por los jardines que encontrábamos a cada paso. Sabía muy bien lo que sucedía en mi interior, sólo con una mirada. Y yo sabia muy bien que ella estaba tan horrorizada que tenía que hacer esfuerzos para no saltar del coche y salir huyendo. ¡Santos del cielo! Aquello era una pesadilla.

—Viviréis cerca del Statpark y ya descubriréis que Viena es una ciudad magnífica y única en el mundo.

Laura no cesaba de hablar mientras el coche oficial recorría las calles y las avenidas de aquella maravilla arquitectónica.

Llegamos a casa de Laura y Hans. Delante había un jardín precioso donde jugaban un par de mozalbetes. Una doncella abrió las puertas de la verja y el coche entró y se detuvo frente a un porche soportado por dos columnas. La casa era de grandes bloques de piedra, elegante y llena de distinción. Evidentemente, el salto que habían dado, socialmente hablando, era más que espectacular.

Heinrich y Otto, los dos hijos del matrimonio Teschler, mis sobrinos, jugaban a soldados e interrumpieron su ocupación para venir a saludarnos.

Nada más apearnos del coche, Ute, la mujer que mantenía en orden la casa y que tenía a su cargo a los dos niños, nos abrió la puerta.

—Saludad a vuestros tíos —ordenó Ute a los dos niños.

Otto, el menor, con cinco años, se acercó receloso, pero Ilse lo ganó enseguida y le dio un par de besos y le hizo cosquillas. Era un niño alegre y divertido, con cara de travieso, que se colgó de mi cuello para escapar de las manos juguetonas de Ilse.

Heinrich, sin embargo, con sus recién cumplidos diez años se mantuvo distante y alargó la mano, casi con frialdad, mientras adoptaba un gesto orgulloso y rígido, impropio de su edad, más acorde con quien ya no desea ser tratado como un niño.

—¿Qué grado tienes, tío Günter? —me preguntó.

—No soy militar, sino científico —le respondí con una sonrisa.

—¡Oh! —exclamó él, visiblemente decepcionado por la respuesta.

—No todos tenemos la capacidad de tu padre —añadí.

—Es cierto —dijo él, con las manos cruzadas a la espalda, simulando un gesto grave. Era patético contemplar su imagen, con todas aquellas maneras que no tenían nada que ver con su edad.

—Es gracias a los científicos que poseemos todo lo que nos rodea. No tendríamos armas sin el resultado de sus investigaciones —intervino Hans.

—¡Claro! —exclamó Heinrich—. No había caído —afirmó con la cabeza, y entonces ya me miró con otros ojos.

—Id a jugar —concedió Hans su permiso, y los dos niños regresaron al jardín.

—Tu hijo va para general —bromeé. Se adivinaba de inmediato que Hans estaba orgulloso de su primogénito.

—¡Heinrich! —gritó Laura—. Ten cuidado, no vayáis a lastimaros.

La fría mirada que el niño dedicó a mi hermana fue la prueba más evidente de la herida que aquella frase le infringía. Quería ser hombre antes de lo que la naturaleza había dispuesto y asumía a la perfección el papel de digno representante de una raza superior, la del Reich de los mil años.

Presentarse con la recomendación de uno de los colaboradores de Himmler bajo el brazo no era ninguna bagatela. El propio doctor Lotslagenheimmer, un hombre de unos cincuenta años y el pelo completamente blanco que tenía la imagen del sabio respetado por todos, me recibió personalmente y me presentó al resto de colaboradores. Muchos de ellos se han perdido en mi memoria. Cuando menos, el nombre. Yo trabajaría con el profesor Naumann, experto en cristalización. Lo habían decidido porque yo llegaba con un buen historial y unas notas excelentes, además de una carta de recomendación de la universidad de Berlín en la que se hacía especial mención de unos experimentos que había llevado a cabo en el laboratorio en materia de sublimación de gases. Ese detalle había interesado especialmente a Lotslagenheimmer. Y a mí me sorprendió que aquel laboratorio estuviese equipado de todo tipo de adelantos. ¡Muy bien equipado!

El primer día me familiaricé con el entorno. Dónde estaba cada cosa, mi pequeño despacho, el laboratorio, las personas,...

Naumann era un hombre mayor, con mucha experiencia. Tenía casi sesenta años y era alto, gordo y calvo. Usaba gafas de montura metálica, demasiado pequeñas para su rostro redondo, que se pegaban a las sienes y le dejaban una señal bien marcada. Era muy amable, me recibió con simpatía y enseguida me ayudó a situarme. Hablaba todo el tiempo. Se sentía contento, me decía, porque durante los dos últimos años había trabajado solo. Se comportaba como un padre que enseña a su hijo. Incluso nos invitó, a Ilse y a mí, a cenar en su casa. Su esposa era una mujer en consonancia con él. Hedwig, era su nombre. Amable como él, habladora y gran cocinera.

Entabló buenas relaciones con Ilse. Aquel matrimonio le recordaba a sus padres, y a mí a los míos.

Nuestra casa era un apartamento grande, con cinco habitaciones, bien decorado, con muebles serios y muchos cuadros. Se notaba que las buenas pinturas, las de firma, habían sido sustituidas por otras, porque en alguna pared se adivinaban las marcas dejadas por un cuadro de mayor tamaño. Sin embargo, no podíamos quejarnos. Disponíamos de un gran comedor que daba directamente a la calle, con un generoso balcón que ocupaba todo lo largo de la fachada y que nos permitía disfrutar de la vista del Statpark. El dormitorio principal, el de matrimonio, también era grande. ¡En fin! Un palacio, si lo comparaba con mi habitación en casa de Frau Reitlinger. Un verdadero sueño.

El segundo día, cuando regresé de la universidad, Ilse estaba escribiendo una carta a sus padres. Les explicaba todas las maravillas que nos habíamos encontrado. Eso les dejaría muy tranquilos y Johannes vería que yo había sido capaz de cumplir mi palabra y cuidar de su hija.

Enseguida nos integramos a la vida vienesa. Laura, entre tanta verborrea, había soltado algunas verdades innegables. La capital de Austria era una ciudad única, si olvidábamos los uniformes que ya parecían formar parte del decorado. Entonces quedaba la grandeza de sus edificios imponentes y la música, que presidía cualquier acto. Los vieneses aman la música por encima de todo. Entre una cosa y otra, no era demasiado difícil escuchar un vals con la imaginación y crear parejas que bailaban en los enormes salones de los palacios de Gollersdorf,

Ponmerfelden o Belvedere. Todo cuanto nos rodeaba rezumaba grandeza de imperio: desde el museo de arte hasta el edificio del ayuntamiento, sin olvidar los monumentos religiosos, como la Votirkirche o la catedral de San Esteban. Los amplios jardines situados en mitad de la ciudad aún azuzaban más la imaginación del visitante y no nos costaba ningún esfuerzo deleitarnos con la visión figurada de grandes carrozas que partían de palacio y se dirigían, en lenta y ceremoniosa procesión, hacia la ópera. En época de los emperadores aquello debía de ser un espectáculo constante.

Éramos felices, y cuando uno es feliz vive su felicidad y permanece ciego ante la realidad que le rodea. Quizás porque la realidad no es hermosa y preferimos cerrar los ojos y soñar. Mientras nosotros estábamos allí, Europa se quebraba en dos partes. El dictador Mussolini se acercaba peligrosamente a las posturas germánicas e incluso intentaba superarlas. Sin embargo, no era nada fácil adelantarse a Hitler, que se había preocupado de deportar un buen número de judíos a Polonia para, luego, invadirla bajo el pretexto de que representaba un peligro evidente. Eso tuvo lugar poco después de nuestra llegada a Viena. El primer día del mes de Septiembre de aquel mismo año, 1939, las fuerzas alemanas cruzaron la frontera y pisaron tierras polacas.

La campaña de Polonia, con todos los prolegómenos, constituyó una verdadera pantomima no exenta de desprecio hacia las fuerzas aliadas occidentales. Hitler, tal como ya he dicho, se había preocupado de llenarla de judíos y de indeseables y, luego, atacó, a pesar de todas las promesas en sentido contrario. Contó, eso sí, con el consentimiento e incluso la ayuda de Rusia, que se quedó con más de doscientos mil kilómetros cuadrados de territorio polaco.

Había estallado la guerra en Europa. Francia y Gran Bretaña confiaron en las noticias que apuntaban que Polonia contaba con ochenta divisiones y cuatrocientos veinte aviones, pero la realidad fue que sólo había treinta divisiones y que la mayor parte de sus aviones fueron destruidos por la Luftwaffe en escasas horas, durante un ataque por sorpresa que les impidió reaccionar.

Aquella fue la primera ocasión en que oí hablar de la *blitzkrieg*, la guerra relámpago. Únicamente veinte días y Hitler y Stalin se repartieron Polonia como buenos hermanos.

Los aliados bramaron, pero no hicieron nada más. El 14 de Septiembre, el Royal Oak, el poderoso acorazado británico, se hundía alcanzado por un torpedo disparado por un submarino alemán. Hitler no tenía límite ni pudor en manifestar abiertamente su desprecio por los aliados.

Polonia quedó dividida en tres partes. Una bajo control soviético, otra bajo control alemán y la tercera con un gobierno títere y con la capital en Cracovia.

Y, mientras, nosotros felices, porque a la euforia inicial que reinaba en Viena se sucedieron unos días de expectación. Los franceses y los británicos no cesaban de concentrar tropas en la línea Maginot.

Hans, por su lado, hablaba de su *Führer* como si fuese un dios. Las SS cada día eran más poderosas y Himmler se afianzaba como uno de los hombres fuertes del régimen, porque adquiría poder absoluto sobre todos los cuerpos de seguridad del estado, y escogía a Reinhard Heydrich, un hombre frío y despiadado, como su brazo derecho. Todos sentíamos miedo de Heydrich, y Hans decía, con cierto desagrado, que se rumoreaba que tenía un antepasado judío. Por ello era tan despiadado: para tapar su vergüenza.

Al contrario, Eichmann merecía todos los elogios de mi cuñado. Me decía, una y otra vez, que era el gran organizador, el hombre que había despojado a los judíos de todas sus posesiones y les había dado a escoger entre abandonar Austria o acabar en uno de los campos de trabajo, como el de Mauthausen que, según Hans, constituía todo un modelo en su género. De allí extraían los bloques de piedra que servían para construir los grandes edificios del imperio. Había sido escogido porque había una cantera y se encontraba cerca de Linz, ciudad especialmente querida por Hitler, donde había vivido buena parte de su infancia.

Sí, éramos felices, pero, a pesar de que procurábamos vivir al margen de los acontecimientos, era absolutamente imposible cerrar los ojos y los oídos a la gran cantidad de rumores y de noticias que circulaban y que hacían referencia al establecimiento de barrios judíos en diversas zonas de Polonia. Allí los judíos permanecían aislados del resto de la población. La verdad es que se trataba de innegables guetos, donde se amontonaban, por decenas de miles, mujeres, hombres y niños.

—Estamos limpiando Europa —repetía Hans cada vez que tomaba una copa de más—. No quedará ni un sólo judío, porque los haremos desaparecer. A ellos y a sus gérmenes. ¿Te has fijado en nuestra juventud? —sonreía y esperaba que yo asintiese con la cabeza—. Son las nuevas generaciones. Altos, fuertes y sanos. Para ellos trabajamos. Himmler tiene razón. Los judíos no son humanos, no tienen la sangre pura y sus cerebros están envenenados. No permitiremos que nos intoxiquen. No, señor. No lo permitiremos —y alzaba los ojos, los clavaba en un punto imaginario, más allá de las paredes de la habitación, y añadía—: Nuestro *Führer* se sentirá orgulloso de nosotros y de nuestra labor. El ejército conquista y nosotros limpiamos. ¡Todo bien limpio! Somos como la dulce esposa que cuida del hogar y no tolera que entren las cucarachas ni los parásitos. Después, habrá tiempo para extender nuestros dominios por todo el mundo.

Y yo pensaba: «...y conseguir el paraíso prometido tantas veces y soñado por muchos».

¡Dios mío! Todos nos habíamos quedado ciegos. Y, mientras, Viena seguía inmersa en el sueño de la grandeza.

5 - JOHANNES HULMMER

Tras la campaña de Polonia, que supuso el total aniquilamiento del ejército polaco, se sucedieron unos meses de inactividad, a pesar de la declaración de guerra por parte de británicos y franceses. Tanto fue así que creímos que aquella victoria había colmado el afán de política expansionista de Hitler y su deseo manifestado reiteradas veces de lavar la afrenta que significó la derrota de la Guerra del 14 y devolver a Alemania el orgullo de nación.

Por otro lado, las fuerzas aliadas practicaban la política del avestruz y escondían la cabeza en el agujero de las trincheras de la línea Maginot. Quizás habían escuchado con demasiada atención las palabras del ministro de asuntos exteriores francés, Alexis Saint-Léger, cuando decía que «es extremadamente dudoso, y es lo menos que podemos decir, que Francia y Gran Bretaña puedan ganar la guerra contra Alemania». Y, evidentemente, no prestaban oídos a otras voces, como la del coronel De Gaulle, que intentaba, infructuosamente, despertar una Francia dormida ante el peligro inminente de una invasión que casi nadie acababa de creerse. Ni siquiera nosotros mismos.

El día 8 de noviembre de 1940 Adolf Hitler sufrió un atentado. Fue en Munich, en la sala Bürger Braukeller, donde se conmemoraba la marcha nazi sobre la Feldhernhalle, y donde el *Führer* había pronunciado un encendido discurso sobre los orígenes del nacionalsocialismo. El hecho causó una gran conmoción en Viena, como en el resto de territorios ocupados, porque supuso la muerte de seis personas y más de sesenta heridos. Hitler salió ileso. Inmediatamente, la propaganda del régimen atribuyó el atentado a los servicios de espionaje británicos.

Y otro hecho vino a predecir lo que ya se avecinaba. El día 10 de Diciembre de aquel mismo año se concedieron los premios Nobel. Alemania obtuvo dos: el de medicina y el de química. Dos campos donde los científicos alemanes destacaban poderosamente. En la universidad lo celebramos con júbilo. Era un triunfo que sentíamos nuestro y un acicate para los jóvenes que empezábamos nuestra carrera profesional. Curiosamente, Naumann se mantuvo al margen y noté que alzaba la copa sólo cuando se sentía obligado. Pero no le concedí mayor importancia. Quizás no se encontraba bien o no era su día. A todos nos sucede.

Sin embargo, el premio Nobel de la paz quedó desierto, como si todos ya imaginásemos lo que estaba a punto de suceder.

Llegadas las navidades, Ilse y yo viajamos a Berlín, tal como había prometido que haríamos. Inga, nada más detenerse el tren, derramó todas las lágrimas que almacenaba, y algunas más. Y no fue la única, porque su hija también abrió las espitas. Johannes, al contrario, se mantuvo firme, como siempre, aunque me abrazó en público. Aquello era una demostración de afecto que se salía de los cánones. Ilse, durante aquellos meses, no había dejado de escribir cada semana. No sé qué podía contar, pero todas las cartas eran largas. Las primeras me las leía y me consultaba si faltaba algo. Después, no. Supongo que era por la cara que ponía yo cuando escuchaba de sus labios detalles que se me antojaban casi infantiles.

Nada más llegar a casa de los Hulmmer, me interesé por su situación. Las cosas se habían arreglado uno poco, me explicó mi suegro, gracias a sus contactos y, por qué no decirlo, a los sobornos que había tenido que pagar. De todas formas, y a pesar de que seguían trabajando, el negocio no andaba como en otros tiempos. Sin embargo, podían continuar viviendo con un ritmo decente. Había perdido muchos clientes, pero había conseguido otros, aunque no tantos. Y no mentía, porque, tanto Ilse como yo, notamos en seguida que habían tenido que despedir parte del servicio y la casa aparecía más vacía que de costumbre.

Sea como fuere, resultó una Navidad entrañable. Inga se desvivía, nos preguntaba constantemente si éramos felices, nos preguntaba a todas horas si nos sentíamos bien, si la comida había sido buena, si no padecíamos frío en la casa, si necesitábamos algo, si... Todo eran atenciones. Ya no sabíamos cómo decirle que todo era perfecto y que el cielo seguramente no podía compararse con su hogar ni los ángeles con ella.

La noche del 27 de Diciembre, Johannes y yo nos encontrábamos en la biblioteca, aquella sala repleta de libros que él nunca tenía tiempo para leer. Saboreábamos una copa de coñac y conversábamos sobre temas diversos.

No sé cómo fue, pero acabamos hablando de Hitler y de la guerra. Me imagino que era inevitable.

—No todos los alemanes pensamos como él —me dijo, refiriéndose al *Führer*.

—Tras el atentado de Munich, la mayor parte piensan como él —le contesté.

—El atentado del 8 de noviembre no fue idea de un par de iluminados —negó con lentos movimientos de cabeza—. Se necesita algo más que un loco para entrar en una sala llena de gente y custodiada por las fuerzas armadas y depositar una bomba en el lugar preciso.

—Fue el servicio secreto británico —le dije.

—Quizás es eso, lo que ellos quieren que creas.

—¿Qué insinúa? —me asusté.

—Las coincidencias no me gustan —chascó la lengua y volvió a negar con la cabeza—. No. Nada en absoluto. El atentado tiene lugar justo un año después de la *Kristallnacht*, la noche de los cristales rotos, y también sucede justo después de un acalorado discurso sobre los ideales del partido nazi —hizo un corto silencio, me miró a los ojos, y preguntó—: ¿Qué momento escogerías, si quieres convencer a los indecisos?

—No puedo ni imaginar que alguien mate seis persones sólo como un acto de propaganda —negué, mientras removía mi copa. Y sonreí, aunque no me hacía ni pizca de gracia. Sólo para quitar importancia a sus palabras.

—Hay gente que cree que ante de la grandeza de una nació y de una raza, unas cuantas vidas no son nada —murmuró, mientras me miraba directamente a los ojos y arqueaba las cejas—. Incluso podríamos decir que representan sacrificios necesarios.

—¡Es increíble! —exclamé. No me entraba en la cabeza una insinuación como aquella, pero lo había dicho de una manera...

—Hitler no se detendrá frente a nada —sentenció—. Quiere dominar Europa entera, ser un nuevo Napoleón.

—No puede atacar Francia —dibujé una media sonrisa, incrédulo.

—Ya veremos —afirmó lentamente, también con ligeros movimientos de cabeza, lentos y mesurados—. Ya veremos —repitió, mientras seguía asintiendo con la cabeza.

Y aquí concluyó aquella conversación, pero se desataron mis preocupaciones.

Días después, a mediados de Enero, Ilse y yo ya habíamos regresado a Viena y pensé en Johannes y en sus palabras. Según apuntaban los rumores (porque en aquellos días, si querías mantenerte bien informado, tenías que prestar oídos a las voces que susurraban, más que hablaban) un avión correo se vio obligado a realizar un aterrizaje de emergencia en Malinas, en Bélgica, y la rápida intervención de la policía belga impidió que el piloto destruyera unos importantes documentos, con un informe muy detallado sobre el emplazamiento del ejército belga. Me lo creí porque el humor de Hans había cambiado y él era el termómetro que me permitía detectar la realidad de los hechos. Sólo tenía que aguardar a que hubiese tomado un par de copas y azuzarle un poco.

—Ha sido un desastre —me dijo un anochecer—. Bélgica y Holanda podían haber caído en apenas unas semanas. Ahora tendremos que esperar. Ya no contamos con el factor sorpresa.

Aquel día pensé en mi suegro. Hitler no se detendría frente a nada ni a nadie, había dicho. Y estaba convencido de que sabía de lo que hablaba. Quizás, incluso demasiado.

Y todo se enredó cuando los soviéticos, el primer día del mes de Febrero, invadieron Finlandia. Tan grande fue la sorpresa y el estupor que los británicos solicitaron a la Sociedad de Naciones que Rusia fuese expulsada.

Mientras, el invierno en Viena transcurría plácidamente. La gente se movía por las calles y parecía que nada les preocupaba. Y así era. Sin embargo, bajo aquella apariencia y bajo la credulidad de la gente que vivíamos completamente al margen de la situación, otros tomaban decisiones y planificaban el futuro del continente.

El día 9 de Marzo el ejército alemán, siguiendo el ejemplo de Rusia, atacó Dinamarca, saltó el estrecho de Kattegat e invadió Noruega. El mapa de Europa había comenzado a cambiar. Hitler se hizo con el control de los fiordos, estableció bases y se convirtió en el dueño de los yacimientos de hierro de los aliados. Otra guerra relámpago y una nueva victoria del *Führer*. Y a pesar de la terrible evidencia, Francia seguía atrincherada y sumaba división tras división, que permanecían agazapadas en su madriguera, como si no fuesen conscientes de que la Guerra del 14, la guerra de trincheras, había pasado a la historia y los métodos eran otros.

La historia lo ha calificado de error imperdonable. Más aún cuando fue otro francés, Napoleón, quien dijo: «Es un axioma de la guerra, que quien permanece detrás de sus fortificaciones será el vencido».

El 18 de aquel mismo mes Hitler y Mussolini se entrevistaron en Brenner. El *Führer* deseaba saber cuál sería la posición de Italia frente a un posible conflicto en toda Europa. La respuesta fue que Italia lucharía junto a Alemania, pero que Mussolini escogería el momento oportuno para entrar.

Todo apuntaba hacia una inminente guerra en el continente y la predicción de mi suegro se hizo realidad, porque en Mayo del 1940, acabada la campaña de Noruega, Hitler invadió los Países Bajos con tanta rapidez que la táctica de abrir los diques e inundar los campos no sirvió para nada. Cuando se despertaron, el ejército alemán ya avanzaba por los márgenes del Rin y atacaba las defensas interiores de las Gravelinas.

Fue poco menos que increíble. Los pasos siguientes, simples pero efectivos, ya no dejaban ningún margen de duda sobre las intenciones del *Führer*. En una rápida maniobra cruzó las Ardenas, rodeó la línea Maginot y se rió de unas fortificaciones que adquirieron el rango de lápida. Francia había caído y los aliados se defendían en Dunkerque. Bueno, defenderse es una palabra demasiado altisonante, porque lo que en realidad hacían era intentar evacuar trescientos cincuenta mil hombres en una dramática huída.

El desastre fue de tales proporciones que el rey George VI de Inglaterra nombró a Winston Churchill primer ministro con el encargo de formar un nuevo gobierno.

Todo andaba manga por hombro. Yo estaba al corriente de las novedades gracias a Hans y me enteré de que Himmler había ordenado construir un campo de prisioneros en Auschwitz, nombre que los alemanes daban a la ciudad de Oswiecim, situada en la Silesia, en territorio polaco. Un campo que enseguida comenzó a llenarse de prisioneros «por motivos políticos», pero que en el fondo no eran más que judíos y polacos.

Hans vivía en aquellos días momentos de intensa emoción, reflejo de lo que estaba sucediendo en las calles de Viena, en toda Austria y en Alemania. Yo no tenía la menor duda de que Hitler ya soñaba con ocupar las Islas Británicas y poder doblegar al orgulloso león inglés.

Recuerdo especialmente un día en casa de Hans. Había bebido, como siempre, y hablaba pastoso. Alzaba la copa cada cuatro palabras y brindaba constantemente.

—Les ha obligado a firmar el armisticio en el mismo vagón donde Alemania firmó su vergüenza en 1918 —reía y reía, eufórico—. Ahora podremos borrar la ignominiosa inscripción que figura en el museo de Rétbondes y que reza: «Aquí, el once de noviembre de 1918, cayó el orgullo criminal del imperio alemán, vencido por los pueblos libres que intentaba esclavizar».

Naturalmente, pensé. Y seguramente sería substituida por otra, nueva y antagónica, hasta que alguien volviese a cambiarla y restaurase la antigua o pusiera otra más sangrante. Y así, irán alternándose vencedores y vencidos y, tras épicas gestas, se alzará un inmenso monumento a la estupidez humana.

—¿Cuándo se detendrán? —pregunté a Ilse aquella misma noche, cuando estábamos en la cama—. ¿Te has dado cuenta de que Laura, mi propia hermana, piensa como él?

¡Claro que lo había notado! ¡Desde el primer día!

—Es la esposa de un oficial de las SS —me respondió.

—Y sus hijos son educados en idéntica creencia —dije, sin escuchar sus palabras.

—Son los hijos de Hans —me contestó.

—¿Cómo puedes decir eso? —me incorporé y la miré—. ¿No te das cuenta de que representan una plaga que se extiende sin parar? —alcé las manos al aire, abriendo los brazos—. Necesito respirar y sacar a la luz mis pensamientos. Y debo guardar silencio, compartir su mesa y escuchar sus palabras. Incluso debo sonreír y darle la razón. Y no sabes cómo desearía escupirle a la cara y decirle que son una pandilla de asesinos, que mataron a un pobre hombre, un humilde tendero, sólo porque era judío.

—Sin embargo, no lo harás —me abrazó ella—. No puedes hacerlo. Sería una locura. Ellos no razonan y tú lucharías solo. Su verdad es la verdad y nada ni nadie les hará cambiar.

—Huyamos de aquí —le propuse.

—¿Y a dónde iremos? Berlín aún es peor para nosotros. Y ya ves cómo está el resto de Europa. Por lo menos, aquí, por el momento, estamos seguros.

—Viajemos a otro continente, lejos de todo esto. Me ahogo. ¿Comprendes? No puedo hablar con nadie, excepto contigo. Debo callar todo el tiempo y vivo pendiente de cada palabra que pronuncio. A menudo temo que alguien pueda adivinar mis pensamientos. Mis compañeros, en la universidad, no son amigos, sino enemigos. Les contemplo y oigo que ellos dicen que son libres, pero les veo cada día más esclavos, porque ni siquiera pueden soñar con un mundo diferente. Únicamente Naumann parece distinto, pero he descubierto que le dejan de lado. ¡Pobre hombre! Es una gran persona, que también tiene miedo de hablar de según qué cosas.

—Cálmate —me abrazó con fuerza—. Tarde o temprano alguien se alzará contra Hitler y todo concluirá.

—Nadie se atreverá a enfrentarse a ese monstruo —negué con enérgicos movimientos de cabeza—. Cada vez será peor. Ya has visto que ni los franceses son capaces de detenerle.

Me obligó a tenderme y empezó a besarme.

—Un día tendremos hijos y les educaremos como nosotros creemos que hay que hacerlo. Ellos construirán un mundo mejor —murmuró junto a mi oído.

—Sí —la abracé—. ¿Sin embargo, habrá otros que piensen como nosotros?

—Ahora es hora de dormir —continuó cubriéndome de besos, y poco a poco conseguí olvidar el mundo exterior y aquellas cuatro paredes se convirtieron en mi refugio, mientras sus brazos me envolvían y me ofrecían el calor de su cuerpo.

Cuando acabamos de hacer el amor, ella se durmió en mis brazos y yo me quedé despierto, con los ojos fijos en la oscuridad, mientras pensaba en las palabras de mi suegro. No todos en Alemania piensan como él. Así lo espero, concluí.

6 -UN HECHO INSÓLITO

Habían transcurrido unos meses desde aquella noche en la que propuse a Ilse huir a otro continente y ya estábamos de nuevo en Navidad. Durante ese tiempo los hechos luctuosos se sucedieron uno tras otro. Trotski fue asesinado en Méjico; la Gestapo detuvo y entregó Companys al gobierno de Franco; y Gran Bretaña hundió un gran número de navíos franceses por orden de Churchill, que temía que pasasen a manos de los alemanes. El pobre no tenía ni idea de que el almirante François Darlan ya había ordenado hundirlos en el caso de que Alemania intentase apoderarse de la flota francesa. Y más de mil marineros galos sucumbieron bajo el fuego de la Royal Navy. Había empezado la Batalla de Inglaterra. Companys, el presidente catalán, murió fusilado a las seis y media de la madrugada del día 15 de octubre de 1940.

Pocos días después de la muerte del dirigente catalán, Italia invadía Grecia, la patria de mis antepasados. Este hecho me produjo una enorme pena. Los demás no tanto, porque no me afectaban directamente. Los hombres somos así. Por lo menos así lo creía en aquellos días, sin tener en cuenta que la naturaleza no distingue entre seres de una raza o de otra, que no entiende de fronteras, que sólo ve seres humanos, porque nuestras invenciones no forman parte de sus esquemas ni de sus planes. Ella entiende de lluvias y de viento, de simientes, de frutos, de vida y de muerte, pero no de política ni de leyes ni de países.

Al otro lado del Atlántico, las dictaduras también avanzaban con decisión e Higinio Morinigo se convirtió en el jefe supremo de todas las fuerzas del Paraguay con la excusa de seguir la política de su predecesor.

De pronto la guerra se encargaba de hacer realidad que no existen fronteras, excepto en nuestra mente, la de los hombres. La guerra ya se había extendido a África y los italianos se enfrentaban al avance de las fuerzas aliadas. Huir a otro continente, cuando el mundo entero se halla enfermo, no era ninguna solución.

Yo seguía inmerso en mis experimentos y en mis investigaciones. Había conseguido resultados interesantes que despertaban el interés de mis superiores. En aquellos días desconocía la razón de sus felicitaciones y habría de esperar algún tiempo para descubrirlas. ¡Dios del cielo! Tan grande era su satisfacción que me concedieron unos días para que pudiese viajar a Berlín y pasar las navidades con los padres de Ilse.

Evidentemente asistí a uno otro baño de lágrimas. Inga parecía tener una esponja en el cogote, e Ilse también. Inga veía a su hija feliz, radiante, y eso lo era todo para ella. Por otro lado, el afecto que Johannes sentía por mí había crecido. Me trataba con mucha familiaridad. Incluso me consultaba decisiones sobre la empresa, a las que yo respondía lo mejor que sabía. Nunca llegué a ser empresario.

Dos días antes de regresar a Viena, justo después de Fin de Año, Johannes llegó tarde a comer y no se sentó a la mesa. Inga, Ilse y yo comimos sin mediar palabra.

Al acabar los postres, no tomé café. Había atisbado en el rostro de mi suegro la sombra de una preocupación que me produjo un nudo en el estómago, y me dirigí a la biblioteca. Llamé con los nudillos y la voz de Johannes me concedió permiso para entrar.

—¿Puedo ayudarle en algo? —me ofrecí.

Mi suegro me miró y durante breves instantes leí la duda en su rostro, pero finalmente se levantó, cerró la puerta, señaló la butaca que tenía frente a sí y él también se sentó.

Llevaba un cigarro en la mano, lo encendió procurando disfrutar de la ceremonia. O mejor dicho: intentando ordenar las ideas y buscando el punto más adecuado para comenzar a hablar. Esperé pacientemente. Grave debía de ser lo que había decidido comunicarme.

—Hitler quiere invadir Rusia —dijo, tras soltar una bocanada de humo que se elevó hasta el techo—. Los generales andan locos. Todos nos imaginábamos que con la caída de Francia tendría suficiente o que, en todo caso, concentraría todos sus esfuerzos en la Gran Bretaña, pero nos hemos equivocado. Hitler ha perdido la razón y su locura será el fin de Alemania.

—No puede atacar Rusia —respondí, boquiabierto—. Ha firmado un pacto de no agresión con Stalin.

—A él le importan un bledo todos los pactos, los documentos y las firmas y los compromisos —sonrió con tristeza—. Recuerda que también mediaba un pacto de no agresión con Polonia y ya conoces el resultado.

—¿Cómo se ha enterado usted? —fue la única pregunta que se me ocurrió.

—Ya te dije que hay gente que no piensa como él —comenzó, pero, de pronto, se detuvo, como si se le hubiese escapado alguna palabra que no tenía que decirme. Entonces, cambió de tema y retomó la conversación en el punto en que la había dejado, justo antes de esa pregunta—. Eso no viene al caso. Simplemente lo sé. Como también sé que Hitler quiere dominar el mundo entero y que hemos de impedirlo.

—¿Cómo?

Johannes se quedó en silencio, contemplando los libros que llenaban las paredes. En sus ojos podía adivinar que no se encontraba solo, en aquel asunto. Sin embargo, eludió la pregunta.

—¿En qué trabajas ahora? —dijo, como si toda aquella conversación no hubiese tenido lugar.

Mi suegro era una persona de gran carácter y cuando no deseaba hablar de un tema, simplemente lo ignoraba. Por más que le preguntase, no obtendría respuesta alguna. De manera que le puse al corriente de los resultados de mis investigaciones y el interés que despertaban en el doctor Lotslagenheimmer.

—¡Bien! ¡Muy bien! Sigue así —me felicitó. Abandonó la butaca que ocupaba—. Vamos al comedor. Ya me siento mejor del estómago y, por lo menos, tomaré una taza de café.

Yo confiaba en disponer de una nueva oportunidad para proseguir con el tema, pero las circunstancias me lo impidieron. O mejor dicho: Johannes no me dio pie. De manera que abandoné Berlín con el corazón en un puño y sumamente preocupado. No sabía cuál era el juego que mi suegro se traía entre manos, pero un sexto sentido me anunciaba que era muy peligroso, y eso me asustaba. Aún así, no hice el menor comentario de aquella conversación a Ilse. Ni sobre mis sospechas.

Días después (recuerdo perfectamente que era el 7 de Enero de 1941), por la tarde, me encontraba sentado en un café de Viena. En previsión del desastre que significa ir de compras con dos mujeres, había tomado un par de libros. Laura e Ilse habían ido a visitar un comercio de moda femenina y habían tenido el detalle de disculparme y abandonarme allí, ante una taza de café. Hans se había ido hacía una rato, acompañándolas, pero él también había encontrado una excusa y habíamos convenido que me recogería más tarde. Teníamos planeado cenar los cuatro juntos.

El tiempo transcurría y pedí una segunda taza de café. El camarero me la trajo, pero no retiró la primera porque acababan de llamarle de otra mesa. Yo leía para matar el rato. La verdad es que no tenía la cabeza para liarme con las constantes físicas que aparecían en las numerosas tablas de aquellas páginas. Me sentía cansado. Sin embargo, seguía leyendo mecánicamente. No tenía otra cosa que hacer.

De pronto capté por el rabillo del ojo que alguien se sentaba a mi lado, en la misma mesa, y aparté la mirada de las hojas del libro creyendo que se trataba de Hans.

Me quedé estupefacto. No conocía aquel hombre. Nunca le había visto. Era alto y bien plantado, el cabello castaño, tirando a rubio, el rostro equilibrado, con gesto elegante y unos ojos claros. Vestía con discreción. Pero lo que más me sorprendió fue que agarró la taza de café, la que acababan de traerme, se la acercó y alargó la mano para tomar un libro. ¡Pero... qué se habrá creído!

Iba a protestar cuando la puerta de la cafetería se abrió y aparecieron dos hombres vestidos de paisano, con los abrigos negros característicos de la Gestapo, seguidos por dos más que iban uniformados y armados. Pasearon la mirada por el local. Éramos unos diez clientes repartidos por las mesas. Todos guardamos silencio y aquel par de la Gestapo se movió entre las mesas para solicitar la documentación. Miré a mi improvisado compañero de mesa. Era un hombre de mi edad, poco más o menos. Se había despojado del abrigo y lo había dejado en el colgador. Él me miró con ojos suplicantes. Volví a contemplar los dos Gestapo que se acercaban lentamente, después de examinar con mucha atención los documentos de los demás clientes. Podía haberme levantado y señalarle. Seguro que era a él, a quien buscaban. Pero no lo hice. ¿Por qué? Pues, no lo sé. Quizás por aquella mirada de pobre animal acorralado. Y poco después, cuando sus perseguidores ya estaban en la mesa de al lado, me arrepentí. ¿Qué explicación les daría cuando me preguntasen por qué no le había denunciado? Y empecé a temblar, mientras mi compañero me miraba y yo descubría que él estaba blanco como la nieve.

—¿Algún problema? —escuché detrás de mí, y me sobresalté.

—Capitán Teschler —le saludaron los Gestapo—. Buscamos a un hombre que ha huido y creemos que ha entrado aquí —dijo uno de los policías.

—¿Has visto a alguien que huía? —me preguntó Hans.

—No me lo ha parecido —le contesté.

—¡Bien! Mi cuñado, el profesor Psarris de la universidad de Viena, dice que no ha visto nadie —sonrió Hans—. Y no creo que el hombre que buscan sea su colega, el profesor...

—Rudolf Hassestein —se presentó el hombre que se había sentado junto a mí.

Los dos de la Gestapo se despidieron, y se marcharon.

—Tendrás que cenar solito con Laura e Ilse —dijo Hans—. Sólo he venido para comunicártelo. Presenta mis disculpas a Ilse —Entonces se volvió hacia Rudolf—. Ha sido un placer profesor...

—Hassestein. El placer ha sido mío, capitán Teschler —respondió mi compañero de mesa.

Cuando nos quedamos a solas, Rudolf Hassestein me dedicó una sonrisa. Si es que éste era su verdadero nombre.

—Se lo agradezco infinito —dijo, con una ligera reverencia, e hizo ademán de irse.

—Aún están muy cerca. Le conviene permanecer un rato más —le sugerí.

Se sentó de nuevo y ordenó al camarero dos tazas más de café.

—El suyo ya debe de estar frío y lo menos que puedo hacer por usted es pedirle otro —se disculpó.

—¿Por qué le persiguen?

—Pues, no lo entiendo. Total, lo único que he hecho es aligerar la cartera de alguien que la llevaba muy llena. Poca cosa —me explicó con toda naturalidad.

—¿Cómo puede decir poca cosa...?

—Sí —me cortó—. La Gestapo, normalmente, no se preocupa por estas nimiedades.

Ahora era yo quien no lo comprendía, porque aquel hombre iba bien vestido. ¿Un ladrón? Y él captó mi sorpresa.

—Las circunstancias son las que marcan el camino en la vida. ¿No me cree? —sonrió de nuevo—. Yo no soy mala persona, pero de algo tengo que vivir.

—¿Por qué no busca trabajo?

—No es tan fácil como parece —respondió, y encogió los hombros—. Los únicos trabajos que me ofrecen son los de obrero y yo estoy habituado a otro ritmo de vida. Por eso he tenido que aprender un oficio en el que no me ensucie las manos. Usted es profesor. ¿De qué?

—Soy investigador. Trabajo en la universidad, en un proyecto de cristalización y sublimación.

—¡Muy bien! Ahora imagínese que le sacan de ahí y le dicen que tiene que acarrear sacos. ¿Cómo le sentaría?

—Pues, muy mal. Sin embargo, no robaría.

—Lo dice ahora porque tiene la vida resuelta. Cuñado de un capitán de las SS y con un puesto de trabajo de prestigio y, seguramente, bien remunerado. Se echaría las manos a la cabeza si supiese lo que un hombre es capaz de hacer para sobrevivir.

—Si puede trabajar, aunque sea acarreando sacos, no está usted al borde del precipicio y, por lo tanto, no es correcto hablar de supervivencia —repliqué.

—Todos tenemos nuestra escala de valores y, a veces, sobrevivir significa mucho más que simplemente alimentarse. Únicamente podría usted discutir conmigo si se encontrase en las mismas circunstancias. Lo he perdido todo y ya debo de estar fichado. Dos años en este oficio es demasiado tiempo. Y eso que vivía bien —afirmó con la cabeza—. Antes de ser ladrón había trabajado para un psiquiatra de Frankfurt. El problema fue que me agrada la buena vida y que distraía parte de su dinero. No demasiado, sin embargo. Y todo andaba bien, hasta el día que también empezaron a gustarme algunas clientas. Y ellas... hambrientas de afecto... pues... recibían gustosas mi terapia particular. Como se trataba de mujeres de buena posición, tuve que llenarme más los bolsillos. ¿Comprende? —sonrió—. Jugar con fuego es peligroso, porque puedes quemarte. Un día me cazaron con la esposa de un alto funcionario y la muy desgraciada, para sacarse las pulgas de encima, me denunció y dijo que yo hacía lo mismo con otras mujeres y que les exigía dinero. A partir de aquí se destapó que yo frecuentaba locales que estaban muy por encima de mis posibilidades. El resto de la historia es simple: tuve que emigrar. Intenté encontrar trabajo en Viena, como ayudante de otro psiquiatra, pero los médicos constituyen una raza especial. El idiota solicitó informes míos y tuve que salir a escape. Entonces descubrí que mi tiempo de permanencia con el psiquiatra de Frankfurt me había permitido adquirir unos conocimientos que han resultado ser de suma utilidad. Poseo unas dotes de observador muy desarrolladas. Con una sola mirada sé de inmediato dónde alguien guarda la cartera. No es el mejor oficio, pero me permite vivir dignamente.

Se expresaba con una naturalidad que daba pie a imaginar que, en su caso particular, el robo era un acto que formaba parte de la vida. Para todo tenía disculpa y explicaciones. Y parecía tan buena persona... ¡Increíble!

—Me gustaría poder ayudarle —le dije, tras escuchar su relato.

—Ya lo ha hecho y le debo un gran favor. Quizás, incluso la vida —rió divertido.

Siempre sucede igual. Con quien menos conoces acabas hablando de los temas más trascendentes. Iniciamos una conversación que nos condujo hasta el tema del bien y del mal. Rudolf Hassestein conocía en profundidad la Biblia, detalle que me sorprendió, y tenía idees muy particulares, al respecto. Junto a él tenía la sensación que todo cuanto me habían explicado era falso y que sus razonamientos constituían la verdad absoluta.

—Hay un error terrible con el pecado original —me dijo en un momento de la conversación—. Si lee la Biblia con atención y razona con lógica, descubrirá que el pecado original no es más que la aparición de la razón.

—No le entiendo —exclamé. Me sentía divertido. Un investigador de física discutiendo sobre el pecado original.

—El Génesis dice que el primer pecado se originó cuando Adán y Eva comieron del fruto del árbol del bien y del mal. ¿Y qué es el árbol del bien y del mal, sino la capacidad de discernir? El hombre habitaba un paraíso porque actuaba por instinto, pero el día que adquirió inteligencia para discernir entre el bien y el mal, comenzó a actuar por deseo y descubrió el pecado de la codicia. Es elemental. Sólo que nos lo han desfigurado. Por eso hay guerras, para hacerse con el poder.

—Es una manera de verlo —afirmé.

—Es la única lógica posible—sonrió él—. ¿Qué es la codicia? Es la suma de dos elementos: tiempo y miedo. Tiempo, porque con la inteligencia dejamos de vivir el presente y nos adentramos en el futuro. Prevemos lo que puede suceder y sentimos miedo de las desgracias futuras. De manera que, para tapar este miedo, nos dedicamos a atesorar fortunas. Tiempo y miedo. No es nada más que eso. Yo he aprendido a vivir el presente. Por esa razón soy ladrón. Cuando necesito comer, actúo.

Me quedé pasmado ante la sencillez de sus razonamientos. Para él no existían ni el bien ni el mal. Eso decía. Actuaba únicamente por instinto de conservación. Los animales así lo hacen. Si han de llenar el estómago, luchan y roban; si se sienten satisfechos, no atacan.

—Es gracias a la inteligencia que podemos dejar de luchar —le respondí.

—Tome cualquier hombre, por más inteligente que sea, y póngalo en las circunstancias adecuadas y verá que puede actuar como un animal. ¿Le juzgará, entonces? —volvió a sonreír.

—Creo que la inteligencia nos permite decidir, incluso, morir antes de hacer según qué —repliqué.

—Eso habría que demostrarlo.

Iba a echar mano de todos los santos que la historia nos había legado, cuando entraron Laura e Ilse, se dirigieron hacia nosotros y las presenté a Rudolf Hassestein.

—Quizás algún día podamos continuar esta conversación, pero ahora tiene usted otro compromiso mucho más agradable —dijo él. Me caía bien, aquel hombre. Era... ya lo he dicho: tan natural...

—Quizás sí —tendí la mano para estrechar la que me ofrecía—. ¿De veras se llama Rudolf Hassestein? —le pregunté en voz baja.

—Rudi, para los amigos.

—¡Camarero! —llamé.

—¡De ninguna de las maneras! —exclamó él, casi ofendido. Bajó la voz y añadió—: Soy yo, quien invita. Le debo la vida y algún día le pagaré este inmenso favor. No lo dude. Soy ladrón por necesidad, pero también soy agradecido.

Cuando me dirigí hacia la puerta volví la cabeza. Rudi me sonreía desde la mesa e hizo un gesto con la mano. Parecía decirme «hasta pronto», como si nos conociésemos de toda la vida.

—¿Quién es ese hombre? —preguntó Laura.

—Un colega de la universidad —mentí, por si acaso hablaba con Hans y... Si después alguien volvía a interesarse por él, simplemente respondería que había dejado la universidad y se había marchado a otro lugar.

En Marzo de 1941, durante una cena en casa de Laura, Hans tomó una copa de más, como ya era habitual, y mientras las mujeres hablaban de sus cosas, tuve conocimiento de la campaña de Rusia.

—Será una nueva victoria —dijo con la copa de coñac entre las manos—. Y estos malditos comunistas dejarán de ser una amenaza para el pueblo alemán.

—No podemos atacar Rusia —le dije.

—¿Por qué no? —rió.

—El *Führer* ha firmado un pacto de no agresión.

—¿Y qué? —aún rió con más fuerza—. Nuestro *Führer* es un hombre de una inteligencia extraordinaria. Necesitaba un pacto para asegurarse de que Rusia no atacaría la primera, porque esos puercos comunistas no sienten mucha estima por nosotros. Él ha sabido retenerlos y ahora Alemania es fuerte y poderosa. Ya no hay impedimentos.

—Sin embargo, Rusia no es Polonia —repliqué.

—Francia tampoco lo era, y ya no existe. París es nuestra —me contestó con una amplia sonrisa—. Rusia caerá en menos de dos meses y nuestro imperio se extenderá hasta Asia.

De manera que mi suegro tenía razón, pensé. ¡Dios mío! Sus predicciones se cumplían y Hitler se había vuelto loco, porque en Rusia fueron derrotados Carlos III y Napoleón, detalle que Hans no tenía en cuenta. Incluso, cuando se lo recordé, lo menospreció.

—A la tercera va la vencida —respondió.

A partir de aquí me hizo un retrato de lo que podía ser el futuro inmediato. Cuando Hans bebía, la lengua se le desataba. Las tropas alemanas habían ocupado Rumania, lo que les abría las puertas del mar Negro, pero Hitler, no satisfecho, ocupó Bulgaria y confió en la promesa del *Duce* Mussolini de concederle un paso hacia el mar Egeo, cuando hubiera conquistado Grecia. Así los ingleses perderían toda posibilidad de emplear Bulgaria para bombardear los pozos de petróleo de Rumania, imprescindibles para el régimen nazi en una campaña contra Rusia.

De manera que todo estaba preparado y tan sólo esperaban la orden de atacar.

Salí de su casa con la sensación de que el mundo caminaba hacia un desastre inminente. Franco se había entrevistado con Mussolini; el rey de España, Alfons XIII, acababa de morir en Roma, desterrado y a la edad de cincuenta y cuatro años; en Holanda había tenido lugar una huelga contra el antisemitismo que se saldó con más de cuatrocientos judíos detenidos y unos cuantos holandeses muertos.

Sin embargo, sucedió un imprevisto.

El rey Pedro II de Yugoslavia sólo contaba dieciocho años y el príncipe Pablo actuaba como regente. Hitler necesitaba la colaboración de este país para poder enviar sus tropas a Grecia, y llamó al regente, que acudió a Viena y se plegó a todos los deseos del *Führer*, bajo la promesa de que las fuerzas del III Reich no ocuparían Yugoslavia y respetarían la soberanía y la integridad de su territorio. El pacto quedó sellado, pero cuando el príncipe Pablo regresó a su país, se encontró con que la regencia estaba amenazada y que el joven Pedro II se había sentado en el trono. Evidentemente, el pueblo yugoslavo no deseaba la presencia alemana, ni siquiera de forma temporal, y el pacto quedó roto.

Pedro II accedió al trono y el embajador alemán fue abucheado por el pueblo, insultado y baqueteado en mitad de la vía pública.

Semejante afrenta exasperó a Hitler de tal suerte que ordenó destruir Yugoslavia. Belgrado fue bombardeada hasta quedar convertida en una ciudad fantasma y el país se rindió en apenas diez días. Aún así, el precio que Hitler tuvo que pagar fue muy elevado, porque Mussolini fracasó en su intento por ocupar Grecia y el *Führer* se vio obligado a concentrar sus tropas en los Balcanes y retardar hasta al mes de Junio la operación Barbarroja, nombre con el que había bautizado la invasión de Rusia. Más de un mes que, forzosamente, habría que restar a los cinco con que el ejército alemán contaba para completar la tarea asignada, antes de que hiciese su aparición el terrible invierno ruso, el famoso general blanco.

El hecho es que el día 22 de Junio, a las dos y media de la madrugada, se lanzaba la contraseña «Dormund» y el ejército alemán cruzaba la frontera rusa. Hitler había decidido hacer caso omiso a las protestas de sus generales. O mejor dicho: a las sugerencias, porque nadie se atrevía a protestar abiertamente. Ellos, como buenos estrategas, no querían iniciar una ofensiva sin disponer de todas las garantías de éxito y sin disfrutar de un margen de tiempo por si surgían imprevistos.

—El *Führer* dice que este invierno no será tan crudo como los anteriores —me dijo Hans.

Me quedé boquiabierto. ¿Quién era Hitler para pronosticar el tiempo que tendríamos? Sin embargo, la fe puede más que cualquier razonamiento y Hans, que era el reflejo de cuanto sucedía en las calles de Viena, confiaba ciegamente en la palabra de su señor, el dios todopoderoso de la raza aria. Después de Checoslovaquia, Lituania, Holanda, Bélgica, Luxemburgo, Dinamarca, Noruega, Francia, Hungría, Rumania, Yugoslavia, Grecia, Polonia... ¿quién se atrevería a poner en duda la victoria?

Y, como siempre, yo vivía dos realidades opuestas, porque Ilse se mostraba contenta. La amistad que había crecido entre Laura y ella, que se entendían a las mil maravillas, nos permitía asistir regularmente a fiestas y celebraciones.

Justo antes del verano se retiró uno de los investigadores y a mí me nombraron responsable del área de investigación de gases en la universidad. Mi sueldo creció y nuestro nivel social también. Ahora ya nos movíamos en un círculo de amistades bastante amplio, muchas de ellas con cargos importantes. Ilse mantenía todo el día ocupado con las esposas de oficiales. Sí, la veía feliz, y yo, al verla a ella, también lo era.

Un mes más tarde nuestra felicidad se incrementó con la noticia de que Ilse estaba embarazada. Recuerdo el día en que me lo comunicó como si fuese hoy mismo. Me llamó por teléfono al departamento de la universidad y me preguntó qué quería para comer. Nunca antes lo había hecho y me sorprendió. No supe qué decirle.

—Haz algo especial —fueron las únicas palabras que me salieron. Y cuando colgué aún me preguntaba a santo de qué me había consultado el menú.

Cuando llegué a casa, ella me aguardaba con la mesa puesta y con las cortinas echadas. Había encendido dos velas, como si se tratara de una velada a la luz de la luna.

—¿Qué celebramos? —pregunté, mientras buscaba en mi memoria la fecha y meditaba sobre si era un día verdaderamente señalado. ¿El aniversario de boda, quizás? No. Aún faltaban dos semanas. Y no era ni mi aniversario ni el suyo, ni el aniversario del día que nos conocimos, porque había tenido lugar en invierno. ¿Entonces...?

Aguantó hasta el segundo plato, contestando con evasivas mis preguntas.

—¿No puede una esposa enamorada celebrar sencillamente su amor? —se reía de mí.

Finalmente, cuando trajo la bandeja (no recuerdo ni lo que comíamos), no pudo más y me lo soltó.

Me levanté lentamente, sin dejar de mirarla. ¡No es posible!, gritaba en mi interior. ¡Un hijo!

—Podría ser una hija —sonrió.

La abracé con una ternura infinita. Me daba miedo tocarla, apretarla demasiado, hacer daño a la criatura que llevaba dentro.

Sé que llamé a la universidad para comunicar que no podía ir, que me encontraba enfermo, y permanecimos toda la tarde sentados en el sofá, abrazados y haciendo planes y más planes para el futuro.

Una semana más tarde tomé quince días de vacaciones y viajamos a Berlín. Naturalmente, antes había hablado con el médico para estar bien seguro de que un desplazamiento tan largo no representaba ningún peligro. Creo que, con tanta insistencia, me tomó por un marido idiota.

—No es la primera ni la única criatura que nacerá en este mundo —me dijo, finalmente.

La reacción de los Hulmmer fue la esperada. Inga, como ya era normal, nos inundó de lágrimas y Johannes se dirigió a la bodega, buscó la mejor botella de *champagne* y la descorchó con toda pompa y ceremonia. Se imponía un brindis. Tenía que ser niño, porque si yo no me hacía cargo del negocio, su nieto le seguiría.

Y entre copa y copa, entre carcajada y carcajada, entre música y fiesta, el ejército alemán seguía avanzando en territorio ruso. Y a él se le unió la División Azul, con la que el dictador Franco contribuía y pagaba la ayuda recibida durante la guerra civil española, mientras todos creíamos a pies juntillas las palabras del general Franz Hadler, que decía que «la campaña contra Rusia se habrá cumplido en dos semanas».

—Hitler está loco —me había vuelto a decir Johannes—. Si no le detenemos será el fin de Alemania. No podemos permitirlo.

—¿No estará usted metido en algún grupo...? —me atreví a preguntar.

—No, no —sonrió—. Es sólo que estoy convencido de que no hay mal que cien años dure. Tarde o temprano todo tiene que cambiar. Aunque cuando antes, mejor.

Acabaron las vacaciones y regresamos a Viena. Era un verano especialmente caluroso y el mes de Agosto discurrió entre fuerte subidas de los termómetros. Parecía como si el tiempo hiciese caso de las predicciones de un hombre que lo dominaba todo.

Sea como fuere, lo cierto es que los cálculos del todopoderoso ejército alemán no habían sido del todo correctos. Los generales habían previsto encontrar doscientas divisiones rusas, pero en la segunda mitad de Agosto ya se habían enfrentado con más de trescientas. Un error terrible, porque ahora ya no eran capaces de predecir cuantas más podían aparecer.

No sé por qué, pero a comienzos de Septiembre, una noche que no podía dormir, me senté en el sofá y pensé en aquel hecho insólito que había vivido unos meses atrás, cuando conocí a Rudolf Hassestein, Rudi para los amigos.

A una guerra le sucede un período de paz, pero después vuelve el enfrentamiento. ¿Por qué sentimos la necesidad de luchar contra nuestros semejantes?

Quizás Rudi tenía razón y al final chocamos con la codicia, que no es otra cosa que la suma de tiempo y de miedo. ¡Mal asunto cuando comenzamos a hablar de conceptos como valentía, pureza, valor, ideales y otros que acaban convertidos en una excusa! ¡Mal asunto!

Aunque fuese verdad lo que decía mi suegro, ¿en qué mundo viviría la criatura que había de nacer?

Aquel mismo mes de Agosto, justo antes de que los alumnos regresasen a las aulas, el profesor Naumann se retiró y le dedicamos una cena de homenaje. Durante la velada vi que él se mostraba triste.

—Es una lástima que el profesor Naumann se retire, porque aún puede dar mucho de sí —comenté al doctor Lotslagenheimmer, que nos honraba con su presencia.

—Hemos de dar paso a las nuevas generaciones —me respondió el doctor.

—Cierto, pero la experiencia es importante y yo he aprendido mucho del profesor Naumann. Es un gran hombre.

—Austria agradece los servicios prestados. Naumann ha sido un gran científico y merece un buen descanso —sonrió—. Ahora usted tiene la responsabilidad de todo su laboratorio. Es un salto importante y debería de sentirse orgulloso.

—Me siento orgulloso —repliqué de inmediato—. Es un honor que nunca habría soñado.

—Sobretodo debe ser capaz de estar a la altura de las circunstancias —me dijo, con un gesto grave—. Piense que Naumann deja tras de sí un gran pasado y usted no puede ser menos.

Concluida la cena, el profesor Naumann me felicitó por mi nuevo cargo.

—Todo se lo debo a usted —le dije—. Espero no defraudarle y soy sincero cuando le digo que estoy un poco asustado.

—Es usted joven, inteligente, imaginativo y prudente. Ha sido un placer poder enseñarle lo poco que sé.

—Lo que sabe, y no lo niegue, es una inmensidad —sonreí. Después, adopté un gesto serio—. ¿Por qué se ha retirado, si aún puede enseñarme muchas más cosas? —le pregunté.

—En esta vida uno ha de saber marcharse antes de que se convierta en un estorbo, porque es muy duro el día que los demás han de recordártelo —afirmó con lentos movimientos de cabeza—. Estoy retirado, pero si algún día necesita algo de mí, sea lo que sea, no dude y venga a verme.

—Lo haré.

—Venga un día a cenar a casa y charlaremos con calma.

Me sorprendió el tono con que pronunció las últimas palabras. Charlaremos con calma, había dicho, pero yo había captado que detrás se escondía algo más, como si su retiro, ligándolo con la frase anterior, que más vale retirarse antes de que te lo hagan notar, enmascarase razones difíciles de explicar en público.

—Se lo comunicaré a Ilse, y estará encantada —le contesté—. Además, Ilse está embarazada.

—Le felicito, y con mayor razón tenemos que celebrarlo —tomó la copa y la alzó—. Mi esposa y yo nos vamos a visitar a su hermana. Estaremos fuera todo el mes entero —respiró hondo, como si ya estuviese en las montañas—. Las primeras auténticas vacaciones desde hace muchos años, pero cuando regresemos en Octubre, les espero en casa.

—¿De veras se ha retirado o... se lo han sugerido? —no pude retenerme y le pregunté.

—Ya hablaremos con una copa en las manos, que es como mejor se ven las cosas —sonrió.

7 - El OLOR DE LA MUERTE

Acababa Septiembre, Ilse se había puesto muy hermosa y manifestaba su felicidad en cada uno de sus actos. Visitamos de nuevo al médico y aquella misma noche ella me anunció que le parecía que nuestro hijo ya se movía. Me pasé un buen rato con el oído pegado a su vientre. Incluso creo que le hablé, a la criatura que llevaba dentro. Ella reía y me decía que le extrañaría que pudiese escuchar mis palabras. Era demasiado pequeña, aún, y si podía escucharme, dudaba que entendiese lo que le decía. Pero, yo insistía con voz dulce y acariciaba el vientre, que ni se notaba que había crecido un poco. A partir de ahora todo cambiaría, nos había anunciado el médico, y todo iría más deprisa. La más alborotadora de todas fue Laura, siempre tan vital y tan expansiva. Hans me felicitó con un buen apretón de manos.

—Alemania necesita hombres fuertes —me dijo, y me abrazó.

Yo no le contesté. Simplemente asentí con la cabeza y le di las gracias. No podía decirle que me horrorizaba pensar que algún día un hijo mío pudiese hacer lo mismo que ellos.

Al día siguiente me levanté como cada mañana, me preparé el desayuno procurando no hacer demasiado ruido, porque el médico había dicho que ella necesitaba reposo. Sin embargo, hacia las ocho escuché el sonido de unos pasos suaves que se acercaban por mi espalda y unos brazos me rodearon el cuello, mientras recibía un beso en la mejilla.

—¿Por qué no haces caso del médico y te quedas un rato más en la cama?

—Porque me gusta despedirte cada mañana.

—Ni que fuese la última vez que nos vemos — bromeé.

Sí, eso le dije. Ni que fuese la última vez que nos vemos. ¡Dios mío! Ni que fuese la última vez que nos vemos.

Adopté un gesto de enfado, a pesar de que no lo estaba, sino que me sentía halagado y feliz, inmensamente feliz. Consulté el reloj, apuré la taza de café y me despedí de ella.

Era una tranquila mañana con un sol precioso. Una ligera brisa mecía las copas de los árboles, mientras los caminantes, a aquella hora, se movían deprisa camino del trabajo. Yo, al contrario, decidí dar un paseo hasta la universidad y cruzar el parque para disfrutar de las delicias de la naturaleza.

Casi había alcanzado el otro extremo del parque cuando un hombre me abordó.

—¿Es usted Herr Günter Psarris? —me preguntó.

Se trataba de un hombre vestido correctamente, alto, rubio y serio.

—Sí, soy yo —le respondí.

—¿Johannes Hulmmer es su suegro?

—Sí —respondí, sorprendido.

—Herr Hulmmer ha sido detenido en Berlín —me dijo, y me quedé de una pieza.

—¿Por qué? —es la única pregunta que se me ocurrió.

—Está acusado de conspiración y de traición.

—¡Es absurdo! —exclamé—. ¿Pero... cómo puede decir eso?

—Yo no soy más que un amigo y me han pedido que se lo comunique, y ya lo he hecho. No sé nada más. Buenos días —y desapareció de inmediato.

Me sentí mareado. No comprendía nada de nada. Di unos pasos, me detuve, busqué aquel hombre con la mirada para hacerle más preguntas, pero había desaparecido, anduve un par de pasos más, me detuve de nuevo y, entonces, me puse a temblar. ¡Johannes detenido! ¿Y ahora qué?

No podía perder tiempo. Di media vuelta y regresé a casa. Subí las escaleras a saltos y abrí la puerta casi con violencia. Ilse no estaba. Me asusté terriblemente. Quizás había ido a comprar. No, no podía ser, porque los comercios aún no habían abierto. Tal vez había ido a casa de Laura. Sí, era lo más probable. La cama estaba deshecha. Me sentí tenso, respiraba a saltos. ¿Qué podíamos hacer? ¡Huir!

Tomé una maleta y empecé a llenarla con todo lo que se me ocurrió. Entonces pensé en la universidad y llamé para comunicar que me encontraba enfermo. Eso nos permitiría disponer de un par de días para ir... no sé adónde. ¿Suiza...? Sí. Era el país que teníamos más cerca y que aún se mantenía independiente. Nuestros documentos estaban en orden y nada habíamos de temer, si conseguíamos marchar.

Mientras hacía la maleta pensé que lo mejor era ir directamente a casa de Laura, porque la conocía muy bien y sabía que la retendría con su inacabable conversación. Ya se me ocurriría algo para explicar mi inesperada visita. No, mejor la llamaba por teléfono y le decía que había regresado porque me sentía mal. Si, eso la haría venir enseguida. ¿Y si Laura se ofrecía a acompañarla? ¡Bien! Pensaría algo.

Ya había descolgado el teléfono cuando oí que llamaban a la puerta. Quizás es ella, pensé. ¡Pero, qué tontería! Si era ella, no tenía por qué llamar. Desconocía que yo estaba allí y, además, tenía su llave.

¿Qué debía hacer? Tomé la maleta y la escondí bajo la cama. La llamada a la puerta se repitió con insistencia.

—¿Herr Günter Psarris? —me preguntó uno de los hombres que aparecían en el descansillo, nada más abrir la puerta.

Asentí con la cabeza.

—Gestapo —me anunció aquel hombre, y me apartó para entrar.

—¿Qué significa este atropello? —protesté.

Sin embargo, nadie me respondió. Uno de aquellos hombres, que vestía un traje marrón, cerró la puerta y se quedó allí plantado, mientras el otro hacía un recorrido por todas las habitaciones, abría los cajones y los armarios y fisgaba cuanto podía todos los papeles y documentos que hallaba a su paso.

—¿Adónde se dirigía? —me preguntó cuando salía de nuestro dormitorio.

—A ninguna parte —exclamé, con cara de sorpresa.

—¿Y qué hace esta maleta, aquí? —señaló hacia el interior del dormitorio.

Me acerqué y eché una ojeada a la cama, donde aquel hombre había depositado la maleta a medio hacer.

—No hace mucho que hemos regresado de Berlín y mi esposa aún no la ha deshecho —mentí con la esperanza de que se lo tragasen.

—¿Con toda la ropa revuelta? —hizo un gesto de incredulidad. Y no había para menos. Yo había embutido las cosas de cualquier manera y todo aparecía revuelto.

—Mi esposa lleva unos días un poco delicada y... —encogí los hombros, como si yo mismo no acabase de entenderlo, pero aquel hombre sonreía divertido.

—¿No debería estar trabajando? —preguntó el del traje marrón, que hasta entonces había permanecido en silencio.

Me volví hacia él, sorprendido.

—Hoy no me encuentro bien —me excusé.

—¿Y qué hace vestido?

—Iba camino de la universidad y me he sentido mal. De manera que he regresado. Pueden llamar a la secretaria del doctor Lotslagenheimmer. Ella puede confirmarles que he telefoneado para decir que me encuentro indispuesto.

—¿Y ha sido de pronto? —preguntó el otro hombre, el que había encontrado la maleta.

—Sí.

—¿Y qué le duele? —oí la voz del hombre del traje marrón.

—El estómago y la cabeza —mentí de nuevo, y ya empezaba a sudar—. No debo de haber digerido bien algo de lo que he comido —intenté sonreír.

—¿La detención de su suegro, por ejemplo? —escuché que preguntaba el otro hombre.

—¿Cómo dice? —me volví hacia él. Las preguntas me llegaban de uno y otro lado, y aún añadían más confusión a mi cerebro.

—¿No lo sabe? —se sorprendió.

—Pues, no.

—¿De veras? —preguntó el del traje marrón.

—¿Qué... qué... qué quiere decir con que mi suegro ha sido detenido? ¿Por qué... por qué...? —empecé a temblar, mirándoles alternativamente.

El hombre del traje marrón sonrió enigmáticamente, abrió la puerta del apartamento e hizo una seña con la mano para llamar a alguien. Entonces vi aparecer al hombre que me había abordado en el parque. ¡Malditos! Todo había sido un engaño. Todo, excepto la detención de Johannes.

—Acompáñenos —me agarró por el brazo el hombre que había registrado las habitaciones.

—Un momento, mi esposa...

—No sufra por ella —sonrió el del traje marrón—. Se encuentra en buenas manos.

Y la sangre se me heló en las venas.

—Soy cuñado del capitán Hans Teschler de las SS... —intenté decir.

—Ya estamos al corriente de ello —me respondió el hombre que me agarraba por el brazo.

—Quiero hablar con él.

—Ya hablaremos nosotros. No se preocupe.

Aquel calabozo era frío y tenebroso, sin luz ni ninguna comodidad, ni siquiera un triste jergón donde poder echarme. Tenía que palpar las paredes para poder hacerme una idea de las dimensiones, no muy generosas, porque me habían metido de un empujón y habían cerrado la puerta antes de que pudiese ver nada.

Durante más de veinticuatro horas, ¡veinticuatro interminables horas!, permanecí completamente incomunicado, sin alimento ni agua, como si el mundo se hubiese olvidado de mí. No habían respondido a ninguna de mis preguntas ni tenía noticia alguna de Ilse. Y este desconocimiento aún incrementaba mi padecimiento y mi dolor.

Sentado en un rincón, con todo el cuerpo dolorido por aquel suelo duro, sin haber podido dormir ni una hora seguida, con la voluntad maltrecha, los pensamientos se atropellaban unos a otros y ninguno de ellos era bueno. Mi imaginación se desbocaba y me ofrecía imágenes espeluznantes. Los escasos minutos que conseguía dormir, más por agotamiento que por otra circunstancia, representaban un montón de pesadillas que acababan por desvelarme sobresaltado y tembloroso. Entonces procuraba esforzarme para no dormirme de nuevo, porque sabía que los esperpentos regresarían y me torturarían.

¡Qué largo es el tiempo cuando la desgracia nos asedia, y qué cruel es el despertar cuando la ignorancia que nos rodea es absoluta y total! Los minutos se convierten en horas, las horas en días enteros y los días en eternidades. ¿Dónde estaba Ilse?, no dejaba de preguntarme. ¿Qué le habrían hecho?, me preguntaba y temblaba al recordar historias que había oído contar. Y es que, en estas circunstancias, la imaginación y el sueño se dan la mano y ceden paso a la pesadilla e impiden que el cuerpo pueda reposar. Y conforme se desgranan los minutos acabas por desear que aquel sueño concluya de una vez por todas, sea cual sea el desenlace final. Éste es el deseo que se abre paso en mitad de la oscuridad.

«Enseguida descubrirán que ella no tiene nada que ver, que no sabe nada, y la soltarán». Intentaba consolarme. Pero, inmediatamente después, volvía a temblar de pánico. «¿Y si, justamente porque no sabe nada, la torturan, imaginándose que les esconde algo?» Y recé, e imploré y... lloré.

Transcurrido todo un día entero, incluida la noche, me sacaron de aquel pozo infecto, de mi solitario encierro, y fui conducido a un despacho. Allí me ordenaron esperar de pie por espacio de más de media hora, siempre bajo la mirada vigilante de un Gestapo de uniforme. Por lo menos, ahora me sentía acompañado y podía comprobar que el mundo seguía existiendo.

Paseé la mirada por aquel despacho. Los altos techos me empequeñecían y el retrato de un *Führer* serio y amenazador me miraba colgado desde la pared, mudo y estático, vestido con el uniforme y enmarcado por cuatro listones de madera negra. «¿De qué me acusa?», era la primera pregunta que me venía a la cabeza, sólo mirar aquellos ojos de loco, duros y fríos.

En pie, en mitad de la habitación, alejado del escritorio, con las piernas que casi no me sostenían a causa de la debilidad por no haber comido ni bebido, sin afeitar, sucio, con todo el traje arrugado, debía de tener una pinta... Intenté, en vano, adoptar una postura cómoda, pero me resultó imposible. Me habían ordenado no mover ni un pelo, y cumplí.

Por mi cerebro desfilaban juguetonas todas las imágenes que mi exaltada imaginación, alterada y engrandecida por la larga permanencia en el calabozo, era capaz de crear. Y se burlaban de mí.

Por fin se abrió la puerta y apareció un hombre vestido de paisano, me miró y con lentos y calculados movimientos se quitó el sombrero y lo dejó en la percha de pie que ocupaba un rincón. Después, también con estudiada lentitud, se sentó en la silla que había detrás del escritorio. Todos sus movimientos eran lentos y precisos. No había duda de que pretendían intimidarme. ¿Más aún? ¡Cómo si fuese necesario! Ni siquiera me atrevía a respirar demasiado fuerte... El único pensamiento que me mantenía en pie era la imagen de Ilse.

El hombre tomó una carpeta que había encima de la mesa, la abrió y leyó lo que parecía un informe. Mientras su mirada reseguía las líneas escritas, de vez en cuando afirmaba con la cabeza, como si quisiera dar a entender que estaba de acuerdo con el contenido. Finalmente la cerró y la depositó de nuevo sobre la mesa, alzó los ojos, eran azules, y me miró fijamente, sin abrir la boca. Parecía estudiarme con mucha atención, y yo aún me sentí más incómodo. Las preguntas volvían a ocupar un lugar de privilegio en mi cerebro y aquella mirada que me lanzaba ponía a prueba mis nervios, que ya estaban más tensos que las cuerdas de un violín. Noté que había aparecido un tic nervioso en mi ojo izquierdo, que provocaba movimientos convulsivos e incontrolables en el párpado, mientras yo intentaba dominarlos sin éxito. Y cuanto más lo procuraba, peor era el resultado.

—Podemos concluir enseguida o alargarnos mucho —dijo aquel hombre, poco a poco y con una voz que manifestaba gravedad—. Todo depende de usted. ¿Me ha entendido?

—Sí, supongo que sí —afirmé muy tenso y me di cuenta de que mi corazón se desbocaba. O, tal vez, ya lo estaba, pero hasta aquel instante no había sido consciente de ello.

—Muy bien. Pues, adelante. Comience por el principio y cuéntemelo todo. Con detalles, por favor —dijo con cortesía, y echó hacia atrás el cuerpo, en la silla, apoyando la espalda.

—¿Qué quiere saber? —le pregunté.

—Todo —me dedicó una sonrisa.

—Perdón, pero no sé exactamente a qué se refiere.

—¡Vamos, Herr Psarris! No nos haga perder el tiempo —negó con lentos movimientos de cabeza, como si mi respuesta le desesperase, porque él estaba en posesión de la verdad absoluta—. Johannes Hulmmer ha sido detenido, juzgado y condenado por un tribunal de Berlín y mañana será ejecutado junto a los que conspiraban con él. Les hemos cogido a casi todos. El resto sólo es cuestión de tiempo. Nuestra justicia es implacable con los traidores, pero puede llegar a ser misericordiosa con los que colaboran y reconocen sus errores. De hecho usted es una persona que gozaba del aprecio y de la consideración de sus superiores. Podría recuperarla, si quisiera.

—Le doy mi palabra de honor que desconozco absolutamente las actividades de mi suegro. Ya hace tiempo que mi esposa y yo vivimos en Viena...

—Sin embargo, han visitado Berlín en diversas ocasiones —me cortó aquel hombre.

—Es natural que mi... —De pronto la cabeza comenzó a darme vueltas y creí que de un momento a otro caería todo lo largo que era sobre el suelo.

—¿Se encuentra mal? —me preguntó.

—No he comido ni he bebido nada desde que me han traído.

—¡Oh! ¡Qué desconsiderados que somos! —negó con la cabeza, mientras se levantaba, tomaba un vaso, lo llenaba de la jarra de agua y me lo tendía.

Agarré el vaso con ambas manos y apuré el contenido tan deprisa que casi me ahogo. El hombre hizo un gesto con la mano y el soldado me acercó una silla para me sentara. Aquella silla se me antojó una cama de pluma y el agua me había hecho el mismo efecto que el elixir de la vida.

—Me decía que su... —me invitó a seguir hablando con un movimiento circular de la mano, como si me diese cuerda.

—Sí, sí. Decía que es natural que mi esposa desee visitar a sus padres...

—Una tapadera perfecta. ¿No?

—Una tapadera... ¿para qué? —le miré.

Iba a responderme cuando se abrió la puerta y otro personaje se sumó a la escena. Se trataba de un hombre de unos treinta años, rubio, muy rubio, casi albino, alto y fuerte, con ojos claros y mirada dura. Me clavó sus pupilas durante unos instantes y, después, se volvió hacia su compañero.

—¿Qué tal lo lleva? —preguntó.

—No muy bien —negó el otro—. Se muestra reticente.

No tuve tiempo para nada más que para ver aquel puño que venía directo hacia mi mandíbula. Encajé el golpe y mi cabeza se fue hacia atrás, arrastrando la silla y obligando a que mi cuerpo acabase por el suelo. Entonces unas manos me agarraron por el pescuezo y me izaron para sentarme de nuevo en la silla.

—¡Cálmate, Herbert! Seguro que desea colaborar. Sólo que necesita tiempo —escuché la voz del hombre que me había interrogado.

Herbert me agarró por la pechera. Su rostro sólo distaba unos centímetros del mío, mientras me dedicaba una sonrisa que era una mueca sarcástica.

—Estamos demasiado ocupados y no podemos perder el tiempo. Mi amigo Kurt es un blandengue, pero conmigo todos acaban hablando —me escupió en la cara y me empujó con tanta violencia que casi me derriba de nuevo—. ¿Qué tienes que ver tú en el complot?

Se habían acabado las buenas maneras y el tratamiento de usted.

—Ya les he dicho que no sé de qué me hablan... — protesté, pero no pude continuar, porque el puño de Herbert se estrelló otra vez contra mi cara. En esta ocasión me aplastó la nariz y la camisa se llenó de manchas de sangre, mientras que la cabeza me daba vueltas—. No sé nada. ¡Lo juro! —imploré.

—De acuerdo. Se lo preguntaremos a tu puta — sonrió aquel desgraciado.

—¡Ella no sabe nada! —grité, e intenté ponerme en pie, pero el soldado me agarró por los hombros y me obligó a sentarme de nuevo.

—¿Además de puta, es ignorante? —dijo Herbert.

—Quiero decir que no...

—Ya nos ha dicho que no sabe nada del complot. Y, supongo que su esposa tampoco —intervino Kurt.

—Sí. Así es —le miré, implorando su ayuda.

—¡Claro que ella no sabe nada! —Herbert me asió por la oreja. El malparido parecía que quería arrancármela —. Quien lo sabe todo es él.

—No. Yo no sé nada.

—¿De qué? —seguía retorciéndome la oreja.

—Del complot —casi gimoteé.

—¿De qué complot, cabrón? —arrastró cada palabra. Su rostro estaba tan cerca que podía respirar su aliento.

—Del complot para asesinar al *Führer* —respondí apretando los dientes con fuerza para aliviar el dolor.

De pronto, me soltó y puso cara de idiota.

—¿Asesinar a nuestro *Führer*? —me preguntó sorprendido. Se volvió hacia Kurt—. ¿Alguien ha pronunciado la palabra asesinar? —le preguntó.

—Yo no —respondió Kurt, también sorprendido—. Yo he hablado de conspiración, no de asesinato.

—Yo, tampoco —sonrió Herbert e incluso miró al soldado, que encogió los hombros y negó con la cabeza. Entonces se dirigió de nuevo hacia mí—. De manera que pretendíais asesinar al *Führer*... —murmuró, como si aquello constituyese el gran descubrimiento del día.

—No, no, no... —negué, horrorizado.

—¿No? Pero, si lo acabas de decir...

—Yo, yo... no he dicho eso. No, no...

—¿Niegas que has hablado de asesinar al *Führer*, cuando los tres lo hemos oído con absoluta claridad? —dijo en uno tono imperativo.

—Lo que yo he dicho... —intenté aclarar las ideas, pero la cabeza me daba vueltas—. Quieren confundirme.

—¿Quién?

—Ustedes —les acusé.

—¿Nosotros...? —se extrañó Kurt—. Eres tú, quien ha hablado de asesinar a nuestro *Führer*.

—¡Dios mío! —exclamé. Aquello era una locura.

—¡Bien! —sonrió Herbert—. Ahora que ya has empezado a cantar, todo será más fácil. ¿Verdad?

Tres horas más tarde me devolvieron al calabozo. Me dolía todo el cuerpo y sentía la cara como si tuviese un horno enfrente, hinchada y llena de sangre. Ni siquiera notaba los labios, ni podía hablar, y me costaba horrores respirar. No podía pensar con claridad. Abrieron la puerta, me empujaron y caí al suelo, pero no noté el choque, porque mi cuerpo ya estaba insensible.

Allí me quedé, tendido. No tenía ni fuerzas para llegar hasta la pared y apoyar la espalda. Moverme representaba un suplicio imposible de aguantar. Estaba convencido de que me habían roto todas las costillas. La nariz, por supuesto. Y dos dientes. El resto de la dentadura bailaba como si fuesen garbanzos en boca de un anciano. El ojo izquierdo permanecía cerrado y no podía abrirlo. También me habían golpeado en las manos y en los dedos. ¿Dónde no me habían tocado?

Los días siguientes fueron horripilantes, mucho peores que lo que acababa de vivir. Aquellos hombres disfrutaban con su trabajo y competían entre ellos para ver quién iba más lejos.

Me parece que fue el tercer día, ya ni lo recuerdo con precisión, que mudaron de escenario: otro despacho sin ventanas. En el centro había una silla de madera maciza y sujeta al suelo con placas de hierro. Tenía el respaldo alto, que me subía por encima de la cabeza. Me desnudaron y me ataron con correa en los tobillos y en las muñecas, bien sujetos a los brazos y a las patas de la silla. Después me inmovilizaron la cabeza con otra correa que estaba sujeta al respaldo. Entonces, Herbert puso una pinza metálica en la punta del pene, y dos más en los pezones. De allí partía un hilo que acababa en un borne de una batería. Y lo hizo lentamente, dirigiéndome miradas y dedicándome sonrisas.

No me volví loco de puro milagro. A cada descarga tenía que arquear el cuerpo con tal violencia que las correas se clavaban en mis carnes. Fue tan inhumano que me desmayé en varias ocasiones, pero aquellos animales me despabilaban y seguían con su tortura, mientras pronunciaban nombres y esperaban que yo les proporcionase una respuesta.

—Otto Jodl —decía Kurt, sentado en un rincón. Yo negaba y Herbert me enviaba una descarga—. Joseff Bauss —escuchaba que pronunciaba la voz de Kurt, yo negaba de nuevo y todo mi cuerpo parecía reventar de dolor—. Graf Steiner —continuaba Kurt con aquella fatídica lista, y un nuevo suplicio se me venía encima—. Martin Schleicher...

A cada pregunta yo contestaba con negativas y cada negativa significaba una nueva descarga, hasta al punto que ya empezaba a oler a carne quemada.

Al día siguiente, por la mañana, me arrastraron, más que me condujeron, al despacho del primer día. Aquella mañana Kurt aún no había llegado y Herbert se lo pasaba en grande, porque era evidente que, de vez en cuando, Kurt le calmaba. Me había estado pegando con una barra. No lo hacía fuerte, sino que era insistente. Al primer golpe parecía que jugaba, pero cuando ya había descargado veinte seguidos en el mismo lugar, la carne se amorataba y se endurecía como una piedra. Entonces seguía golpeando y golpeando y golpeando, hasta que el dolor se tornaba insoportable, hasta que únicamente con señalarme ya me dolía.

Yo era un títere en sus manos. Estaba tan desmayado que ni se habían molestado en atarme. Cuando estaba a punto de caerme de la silla, el soldado me enderezaba de nuevo y me despertaba. A pesar de que ya no podía mantener los ojos abiertos y ya no respondía a sus preguntas, ni con negativas ni con nada de nada, él seguía torturándome.

El soldado me enderezó una vez más y, en aquel instante, escuché la puerta. No era capaz ni de abrir los párpados. El soldado me mantuvo agarrado por el cuello de la camisa y yo intenté descansar, aunque sólo fuese durante unos momentos.

—Creo que no le sacaremos nada, porque no debe saber nada —dijo Herbert.

—¿Por qué estás tan seguro? —preguntó Kurt.

—Al idiota de Muller se le ha ido la mano. Parece ser cierto que la mujer estaba embarazada, ha reventado como una fruta madura y lo ha puesto todo perdido.

—¿Y ella?

—La han trasladado al hospital.

Oí aquellas palabras sin reaccionar. ¡Ilse! Mi adorada Ilse... ¡Y mi hijo! Noté que la sangre se agolpaba en mi cerebro.

—¿Qué hacemos con él? —preguntó Herbert.

—La Gestapo nunca se equivoca. ¿Comprendes? Le enviamos a prisión y ya decidirán qué han de hacer con él —respondió Kurt, y vino hasta donde yo me hallaba, me agarró por la pechera y me dijo—: Muchacho, te largas de aquí.

No sé de dónde saqué las fuerzas, pero, a pesar de que las manos y las piernas me dolían, fui capaz de ponerme en pie, le eché las manos a la garganta y le obligué a arrodillarse ante mí, mientras estrujaba aquel gaznate y contemplaba como sus ojos se le salían de las órbitas.

—¡Asesinos, asesinos! —grité con rabia y con odio.

El soldado se abalanzó sobre mí, Herbert también intentó liberar a su compañero, pero no podían conmigo. Y yo seguía apretando aquel maldito cuello y sólo deseaba que muriese allí mismo.

Tres golpes conté que alcanzaban mi cabeza, y a cada uno apretaba con más rabia las manos, pero, finalmente, se hizo la oscuridad.

8 - GUIMU

Noté que el camión aminoraba la velocidad cuando encaró la cuesta. En la parte trasera viajábamos unos treinta hombres de pie, y con cada curva bailábamos como manzanas en un cesto. De vez en cuando se abría ligeramente la lona y podíamos atisbar los tres camiones que nos seguían, custodiados por las motos con sidecar de los SS, desde las que un soldado con ametralladora nos vigilaba constantemente.

Estuve confinado durante dos meses en una prisión y, finalmente, me juzgaron y decidieron internarme en un campo de trabajo. Según ellos, yo representaba un peligro para la sociedad.

He dicho «juicio» por llamarlo de alguna forma, porque únicamente me comunicaron la sentencia. Ni siquiera asistí a la audiencia. Ya lo había hecho mi abogado por mí, y había solicitado clemencia por mis crímenes, según me contaron. ¿Quién fue mi abogado? Ni le conocí.

¿De qué crímenes me acusaron? No lo sé. Nunca me lo dijeron. ¿Y cuál fue mi pena? Trabajos forzados. ¿Durante cuanto tiempo? Hasta mi total remisión. ¿Qué quería decir esto? Pues... que había sido catalogado de prisionero preventivo muy peligroso con contadas posibilidades de reeducación. Ellos, no sé quienes, ya decidirían cuándo podía incorporarme de nuevo a la sociedad. Y no respondieron a ninguna pregunta más.

Allí, en el camión, seguía pensando que carecía de noticias de Ilse. Ellos no sabían nada, me habían dicho. Quizás se encontraba en otra prisión. Tal vez la habían soltado. Eso me dijeron, mientras se encogían de hombros y negaban con la cabeza. De manera que me habían asignado a un grupo, con muchos otros, y me conducían vete a saber dónde.

KLM, había pronunciado un hombre, cuando montábamos en el camión, mientras aguardábamos formados en el patio de la prisión. ¿Qué significaban aquellas letras? KLM. Lo descubrí nada más iniciar la subida, porque había podido ver un cartel que anunciaba el pueblo de Mauthausen y yo había oído hablar a mi cuñado del *Konzentrationlager* de Mauthausen: KLM. El campo modélico que levantaba la admiración de Hans.

Los enormes portones del patio de garajes se cerraron y el águila de bronce de alas desplegadas siguió muda e impertérrita, como dueña y señora del campo de Mauthausen. La divisa de aquella madriguera de prisioneros era clara:

TÚ, QUE ENTRAS AQUÍ, PIERDES TODA ESPERANZA

Y debía de ser cierto, porque sólo podíamos ver cuerpos famélicos y escuálidos que se detenían a observar los camiones a lo largo del camino de entrada. Verdaderos esqueletos que andaban como muertos vivientes, que empujaban carros llenos de piedras o que las acarreaban ellos mismos, en un intento por mantener un equilibrio que parecía imposible.

Era una tarde y empezaba a refrescar. El cielo estaba claro y sereno. No podré olvidarlo jamás.

Los camiones se detuvieron y el último traqueteo nos hizo caer unos sobre otros. Descorrieron las lonas y nos descargaron como si se tratase de rebaño.

—¡*Alle Raus*! (¡Fuera!) ¡*Schnell*! (¡Deprisa!) —no paraban de bramar los soldados, y nos empujaban contra la pared de piedra que había al fondo del patio.

Me embutieron en una larga hilera de hombres. Muchos de ellos arrastraban grandes maletas, mientras que yo traía las manos vacías. Allí permanecimos un rato, mientras los SS cantaban los nombres que figuraban en las listas, nosotros respondíamos y ellos los marcaban.

—¡Psarris, Günter! —escuché, y respondí «presente».

Tuvieron que contarnos tres veces, porque se equivocaban. Ese detalle ya me daba una idea de la capacidad mental de nuestros carceleros. Cuando todo estuvo en orden, nos dividieron en dos grupos. Los de la izquierda, curiosamente, estaban integrados por los que traían más equipaje, que les habían ordenado depositar delante de ellos, amontonado. Algunos baúles y algunas de las maletas desaparecieron allí mismo, en nuestras propias narices, a manos de los vigilantes. Nadie se atrevió a protestar ni a preguntar dónde se las llevaban. Nada más alzar la mirada, lo primero que podíamos ver era la torre con la ametralladora y el soldado que nos contemplaba. Todo bien dispuesto para intimidarnos y darnos a entender que habíamos dejado de ser seres humanos para convertirnos en prisioneros sin el menor derecho y sin ninguna posibilidad de escapar de allí. Los enormes muros de la fortaleza, de granito y ladrillo, y los aislantes de cerámica dispuestos a lo largo de las extensas alambradas nos advertían que estaban electrificadas.

Como ya he dicho, fui adscrito al segundo grupo, que parecíamos una pandilla de pordioseros. No nos habían proporcionado ni agua ni alimento de ninguna clase. Todo cuanto me quedaba en este mundo estaba allí, conmigo. Excepto Ilse, que no sabía dónde había ido a parar. En la prisión había podido curar las heridas del cuerpo, pero no las del alma. No porque los médicos pusieran demasiado interés, sino porque la naturaleza es sabia y hace su trabajo. No obstante, mi cara conservaba las cicatrices de los golpes y de las torturas que me habían infringido en las dependencias de la Gestapo, día tras día, sin parar. También tenía unas cuantas más en el cuerpo, pero la ropa las cubría.

Observé los muros de piedra y los portones que se habían cerrado tras engullirnos. Aquéllas, sin duda, eran las puertas del infierno, y el mundo civilizado (si es que existía) quedaba fuera, tras los muros y las alambradas, a las que nos advirtieron (¡como si fuese necesario!) que más valía no acercarse. Después eché una ojeada a nuestros guardianes, aquellos carceleros de ojos duros que reflejaban su salvajismo y la brutalidad que no intentaban esconder, más cercana a las fieras y a los animales que a los seres humanos. El desprecio con que nos trataron fue la prueba más evidente y un pequeño adelanto de lo que nos aguardaba en el campo de Mauthausen, hasta el extremo que llegué a imaginar que, tal vez, mi paso por las dependencias de la Gestapo acabaría siendo un recuerdo agradable, si lo comparaba con el futuro que se abría ante mí, donde todo aparecía con colores grisáceos y tenebrosos.

Nos proporcionaron un saco de papel. No podíamos llevar nada con nosotros, porque íbamos a ducharnos. Delante de nosotros había una mesa con un prisionero vestido con el uniforme rallado. A una orden del oficial, y siempre bajo la mirada atenta y vigilante de los SS, nos ordenaron desnudarnos de pies a cabeza y nos obligaron a meter todos los efectos personales y toda la ropa en el saco. Los anillos, relojes, joyas y demás objetos de algún valor, incluso las gafas, debíamos llevarlas en la mano y depositarlas sobre la mesa. Yo no tuve demasiado trabajo, porque ya me lo habían quitado todo en la prisión. Incluso el anillo de casado, el único recuerdo que me quedaba de Ilse y que desapareció nada más entrar en la prisión. No me lo devolvieron cuando abandoné la celda para ser conducido al camión, de la misma manera que una parte de lo que había sobre la mesa, en un curioso juego de manos, también desapareció, visto y no visto, y acabó en los bolsillos de quienes nos vigilaban. Sólo hubo un prisionero que se atrevió a protestar, pero casi no dispuso de tiempo para abrir la boca, porque recibió un bastonazo en la cabeza y quedó tendido en el suelo. Evidentemente, nadie más se atrevió a alzar la voz. Por lo que respecta a la ropa, el prisionero que tomaba nota, escribía el nombre de cada uno de nosotros en el saco correspondiente y los apilaba para que otros prisioneros se los llevasen al *Effektenkanmer*, el servicio de guardarropa. Para devolvérnosla cuando abandonásemos el campo, decía con sarcasmo. Lo mismo que a mí me habían dicho cuando entré en prisión.

Acabada la primera ceremonia, como si se tratase de una iniciación y sin ningún miramiento, un médico nos ordenó abrir la boca y, tras examinarnos uno por uno, tomó buena nota de todas las piezas de oro que teníamos. El significado de dicho examen me fue revelado días más tarde, cuando descubrí que aquellos que guardaban más oro en la boca eran vigilados con mucha atención, aguardando que muriesen, momento que aprovechaban para arrancarles todo lo que de valor les quedaba, si es que no lo habían perdido a puñetazos o a puntapiés. Por fortuna yo no tenía ninguna pieza de oro, porque el día que descubrí el significado, se me revolvió el estómago. ¡Dios mío, hasta qué extremo alcanza la crueldad humana!

Pero lo peor de todo aquel macabro recibimiento aún no había llegado. En las dependencias que había junto a las duchas nos aguardaba una nueva ceremonia. Nos obligaron a entrar a empujones y me di cuenta de que ofrecíamos la patética imagen de los terneros que conducen al matadero. Contemplé horrorizado que los primeros en entrar estaban siendo afeitados de cuerpo entero, de pies a cabeza. Y todo sin el más leve asomo de humanidad. Los desgraciados sangraban por los numerosos cortes que les infringían con aquellas navajas viejas y de filo irregular que, a buen seguro, nunca cambiaban y nunca afilaban.

Boquiabierto, absolutamente pasmado ante aquel cruel y denigrante espectáculo, de pronto sentí que una mano me soltaba tal bofetada que me dejó aturdido.

—Te hace gracia, ¿verdad? —gritó aquel hombre.

No pude verle más que los galones. Se trataba de un cabo. Me sacó de la fila agarrado por el pescuezo y me obligó a agachar la cabeza.

—Uno que se ríe —volvió a bramar—. Parece que esto le hace gracia —repitió, y me empujó hacia los barberos, mientras los soldados soltaban fuertes risotadas —. Ahora sabrás quién soy yo —añadió con rabia, mientras me arrastraba.

El cabo llamó a uno de los barberos, que se acercó blandiendo la navaja como si fuese una espada vengadora, con la intención de raparme la cabeza. Sonreía divertido para reírle las gracias al cabo, y a mí se me heló la sangre en las venas.

Sin embargo, en el preciso instante en que iba a comenzar con su labor, observé que miraba al cabo y que en sus ojos aparecía el espanto.

—Si le haces un sólo corte, te juro que yo mismo te arrancaré la piel con tu propia navaja —escuché la voz del SS, casi un murmullo entre dientes, y vi que, al contrario de lo que había imaginado, la palidez aún podía reflejarse en aquella piel blanca como la leche. Yo no me atrevía a volver el rostro—. Palabra del cabo Rudi Hassestein —añadió el hombre que seguía agarrándome por el pescuezo.

Entonces sí que me volví en un impulso y descubrí el rostro del hombre a quien había salvado de caer en manos de la Gestapo, en el café de Viena, tiempo atrás. Sin embargo permanecí mudo, porque él se comportaba como si no me hubiese reconocido y un sexto sentido me gritaba que mis mejores armas, en aquellas circunstancias, eran el silencio y la prudencia.

El pobre barbero tardó un buen rato en decidirse por la navaja más adecuada y no dejó de sudar mientras me afeitaba todo el cuerpo. De vez en cuando se detenía, tragaba saliva y procuraba que la mano no le temblase lo más mínimo. Mojaba constantemente la hoja y antes de aplicarla sobre mi piel dudaba de la mejor posición y buscaba el ángulo correcto.

Soporté aquella vejación lo mejor que pude y contemplé como me afeitaba el pubis, me tocaba y removía mis testículos. ¡Dios mío! Ya no puede caerse más bajo, pensaba. ¡Pobre desgraciado! No era consciente de que siempre hay un escalón más abajo.

Concluido su cometido, el barbero dirigió sus ojos hacia el cabo Hassestein y buscó su aprobación, pero lo único que sacó fue un empujón que le derribó.

Rudi me agarró de nuevo por el pescuezo y me condujo a las duchas. Allí me proporcionaron un pedazo de jabón y una toalla húmeda que ya había pasado por un montón de manos. Eso era todo. Me duché y aproveché para beber todo el agua que fui capaz.

—Vamos, que has de vestirte para la fiesta de recepción —gritó Hassestein, cuando consideró que ya me había remojado suficiente, y me sacó de allí.

Aún resonaban las risotadas de los demás SS cuando abandonamos las puertas del infierno y me condujo de nuevo al patio, donde otro prisionero tenía ante sí unos enormes libros. Justo antes de llegar, me dijo, al oído:

—Eres electricista. ¿Has comprendido?

Asentí con la cabeza, sin chistar. Ahora ya sabía que me había reconocido.

Me abandonó en la fila y desapareció. Yo no dejaba de pensar que aquello no podía ser cierto, que toda aquella escena formaba parte de una espantosa pesadilla. Y eso que yo era uno de los afortunados, si me comparaba con los pobres desgraciados que estaban siendo afeitados sin piedad. Pero la escena era real. ¡En Austria!, no cesaba de repetirme. En la cuna de una inmensa y rica tradición cultural y musical que había hecho notables aportaciones al conocimiento de la humanidad.

—Di tu nombre —me ordenó el prisionero que permanecía sentado detrás de la mesa.

—Psarris, Günter —respondí.

—¿Profesión?

—Electricista.

Tomó nota y me indicó que debía buscar un pantalón y unos zapatos que me fuesen bien en el montón que había en mitad del patio. Escogí uno y después busqué entre el revoltijo de zapatos de suela de madera, mal hechos y peor acabados, rígidos y duros, que sólo calzarlos ya me hacían daño, porque se clavaban en la piel.

Aún permanecimos largo rato de pie, hasta que nos proporcionaron la chaqueta. La mía exhibía un triángulo rojo. Significaba que era un prisionero político.

Me la puse. Otros recibieron una chaqueta con un triángulo verde. Poco después me enteraría de que el distintivo de color verde, emblema de los asesinos y criminales convictos, era un salvoconducto hacia los puestos de honor del campo, la flor y nata de los prisioneros del infierno, la clase distinguida y aristocrática de la escoria alemana, porque los del triángulo doble, en forma de estrella de David, los judíos, recibían el peor trato y se acercaban a la muerte con una rapidez inusitada.

Allí concluyó la ceremonia de recepción y fui conducido a los barracones que se empleaban como salas de adaptación al campo, separados del resto por alambradas, mientras esperábamos que nos asignasen una tarea y nos pusieran al corriente de las normas del campo, donde cualquier trasgresión recibía su castigo.

Una parte de los que acarreaban más equipaje, y que eran judíos, desaparecieron aquel mismo día y ya no volvimos a verles ni supimos nada más de ellos. Nadie preguntaba. No era necesario; si no estabas quería decir que ya no existías. Así de fácil.

Dos días después, los que tenían un triángulo negro en la chaqueta, distintivo de ladrones y de indeseables, fueron enviados a la cantera. Debían de ser eliminados lo antes posible. Los del triángulo rojo seguimos idéntico camino, sólo que quince días más tarde, mientras que los demás fueron repartidos por todo el campo sin tener demasiado en cuenta sus habilidades, conocimientos u oficio. No éramos más que bestias de carga. Por contra, a los que lucían el triángulo verde se les asignaron tareas más livianas. Naturalmente, hay que entender este calificativo en comparación con las demás ocupaciones, porque la vida dentro de aquellos muros y alambradas no era ninguna maravilla.

Enseguida nos pusieron al corriente de quien era Ziereis (comandante en jefe), el *Oberstumführer* Bachmayer (el comandante del campo), y la *Straffkompanie* (la compañía de castigo) en la que, bajo ninguna circunstancia, debíamos caer, porque la cantera, con su escalera de la muerte, no era un lugar muy recomendable. No sé por qué nos lo decían. Los del triángulo rojo ya habíamos ingresado. Lo que sí es cierto es que la cantera nunca se cerraba sin un buen número de bajas que había que reponer.

Un mes después ya había perdido unos cuantos quilos de peso. La alimentación era horrorosa: sopa de nabos, un pedazo de pan y un poco de embutido, cuando había, que no era siempre. Aún así, no era de los que más peso había perdido.

En aquellos días presencié todo tipo de barbaridades y de atrocidades y confieso que hubo momentos en que deseé morir para dejar de vivir aquella terrible pesadilla. Se me antojaba imposible que unos hombres pudiesen ser tan crueles, tan despiadados y tan proclives a manifestar abiertamente que carecían de todo sentimiento que pudiese calificarse mínimamente de humano.

¿Qué era lo que nos empujaba a seguir vivos? La esperanza, a pesar de que la frase que figuraba en la entrada del campo era clara y evidente. Lo había perdido todo, pero me quedaba un pensamiento. Ilse debía de estar en alguna parte de este mundo que habíamos convertido en un infierno, pero yo saldría de allí y la encontraría. Ésta era mi esperanza, el único rayo de luz en mitad de la oscuridad.

Tenías que andar todo el tiempo ojo avizor para no meterte en líos. O mejor dicho: para no encontrarte en ningún fregado, porque era evidente que no necesitabas buscar las ocasiones para recibir unos cuantos palos. Ellas ya venían a buscarte sin que las llamases y, naturalmente, tarde o temprano te encontraban. Una sola mirada y ya era suficiente. Por eso caminábamos con la cabeza baja y sin atrevernos a levantar los ojos más allá de nuestros pies. Podías cruzarte con un guardián y recibir un bastonazo, porque aquella mañana él no se encontraba de buen humor. No necesitaba excusa alguna. Si andabas despacio, recibías; si andabas deprisa, también recibías; si te detenías, recibías; si hablabas, recibías; si callabas, recibías; si sonreías, recibías... De manera que no necesitaban ninguna excusa. Yo había leído sobre el imperio romano, donde existía la esclavitud, pero disponían de leyes para los esclavos y se les llamaba esclavos. Allí, por el contrario, no se nos llamaba esclavos, pero tampoco teníamos leyes que nos protegiesen. Éramos escoria, despojos humanos y bestias de carga que no teníamos ningún derecho. ¡Ni a la vida!

Nuevos cargamentos de prisioneros llegaban sin parar y quedaban convertidos en nuevos despojos humanos que se escapaban por las chimeneas de los hornos crematorios, que no se detenían ni un instante. Nosotros ya ni podíamos oler aquella pestilencia infecta, porque nuestra pituitaria había muerto hacía tiempo. Tantos eran los cadáveres que se producían en aquel lugar que, a menudo, los mismos camiones que traían nuevos rebaños habían de cargar cuerpos y evacuarlos.

El trabajo era simple y duro. Cada mañana nos despertaban y nos conducían al fondo de la cantera, donde teníamos que acarrear a la espalda una piedra de cuarenta o cincuenta quilos de peso y subirla a lo alto de la cornisa. Ciento ochenta y seis escalones irregulares que debíamos trepar a marcha atlética.

Entre los que conocían bien el campo y su funcionamiento se contaban los del triángulo de color azul, distintivo de los republicanos españoles. De ellos decían que habían sido capaces de organizarse. Los demás andábamos completamente extraviados. Y yo más que nadie, porque no era nada: ni alemán, ni austriaco, ni polaco ni griego.

La escalera de la muerte no se cerraba ningún día sin que sumase un buen número de cadáveres que acababan sus días en el fondo de la cantera. Algunos agotados, sin poder soportar el peso de la enorme piedra que nos cargaban a la espalda; otros tras el «salto del paracaidista», nombre con el que los SS habían bautizado «graciosamente» la caída en vertical, de más de ochenta metros, desde la cornisa artificial, bien por el deseo suicida de los que ya no podían más, bien a causa del empujón que les propinaban los propios guardianes, que aún reían divertidos. Eso y todos los macabros juegos que aquellas mentes criminales eran capaces de inventar constituían las diversiones del campo.

Tan grande fue el cúmulo de barbaridades en un espacio tan reducido que explicar todas las brutales atrocidades de que fui testigo me obligaría a escribir libros enteros. Espero que alguien lo haya hecho, para que la memoria no se pierda y nunca más vuelva a suceder lo que ya debería formar parte de la historia, de la peor y más nefasta y vergonzosa historia de la humanidad.

Había hombres que morían electrocutados en las alambradas, porque ellos mismos se lanzaban sobre los cabes, pero el más macabro de todos era el juego del «dominó», si es que, a ese nivel, se toleran comparaciones. Ese juego lo descubrí una mañana, cuando descendía hacia el fondo de la cantera.

Había tres SS que hacían apuestas.

—¿Cuantos? —preguntaba uno, con dinero en la mano.

—Diez, como mínimo —decía otro.

—Máximo siete —apostaba el tercero.

—No lo conseguirás —dijo el primero.

No sabía de qué hablaban y me hice el despistado para descubrirlo.

Quien había hablado en segundo lugar, que decía que conseguiría diez, se dirigió a lo alto de la escalera de la muerte. Se plantó en el punto en que los prisioneros, en fila india, bajaban saltando los escalones. Alargó el cuello. Parecía estudiar la fila. Miró hacia abajo y contó. Uno de los tres me vio y me lanzó un puntapié que pude esquivar, porque eché a correr hacia las escaleras.

Abajo nos situábamos por orden. En primer lugar los del triángulo verde, castigados por alguna razón. Ellos llevaban a la espalda una especie de cesto atado con correas al pecho. Ese artilugio les permitía cargar la piedra y transportarla con mayor facilidad. Nosotros, los del triángulo rojo, no teníamos derecho a tales comodidades. Y los judíos, aún menos. Los pobres ocupaban el último puesto de la fila y acarreaban mayor peso que nadie, porque también eran los últimos en escoger. Con ellos, de vez en cuando, se encarnizaban los guardias y practicaban el tiro al pichón. Ésa era otra diversión que consistía en ponerles en fila, uno al lado de otro, de cara al abismo y empujarles, mientras los SS que se encontraban abajo disparaban sus armas y los cazaban al vuelo.

Aquel día, una vez hube cargado con la piedra, uno de los *kapos*, que así era como llamaban a los prisioneros guardianes, los que ayudaban al *Totenkopf Verbander* (el cuerpo de guardias), nos dijo:

—Hoy toca dominó. Subid rápido y distanciaos de los judíos.

Todos los de mi grupo echaron a correr hacia la escalera. No lo pensé dos veces y les seguí. ¡Dios mío! Los pies, con aquel simulacro de zapatos que nos habían dado, con suela de madera, mal hechos, me dolían horrores y se clavaban en mis carnes.

Los tres SS ya habían tomado posiciones en lo alto de la escalera. Intenté ir más rápido, patiné y caí al suelo. Un hombre me agarró por la chaqueta e impidió que acabase en el fondo de la cantera. Me levanté de nuevo. Nuestros compañeros se habían distanciado y los judíos casi nos habían alcanzado. Saqué fuerzas de flaqueza y escalé los últimos peldaños temblando de terror.

Cuando atrapé el último, uno de los soldados me propinó un bastonazo, que por fortuna pegó en la piedra. Me desequilibré y estuve a punto de traspasar la línea situada a mi derecha, que limitaba la zona prohibida. Si ponías un pie allí, eso era interpretado como un intento de fuga y eras hombre muerto, porque los guardianes de las torres disparaban las ametralladoras. Y si, al contrario, te inclinabas hacia la izquierda, te despeñabas por el barranco.

De pronto, uno de los soldados pateó el pecho del primer judío de la fila, que llegaba cargado con una enorme piedra a la espalda, que aún no sé ni cómo podía soportarla sin ser aplastado, porque su cuerpo era sólo piel y huesos. Aquel pobre diablo cayó hacia atrás, tropezó con los que le seguían y los arrastró con él hacia el fondo de la cantera, mientras los otros dos SS contaban los que caían. Entonces entendí a qué apostaban y el significado del juego del dominó.

—Seis, siete, ocho... nueve... —contaba el que había empujado al primero de la fila.

—¡Sólo han caído nueve! —rió el que había hablado en primer lugar, y extendió su mano para cobrar la apuesta.

—¡Mierda! —gritó quien había perdido, y lleno de rabia empujó a otro prisionero y le echó abajo—. Ya son diez —dijo.

—No te escabullas, que has perdido la apuesta —le contestó el otro.

Me quedé helado. Aquél era el juego del «dominó». Cuerpos aplastados, sangre que rezumaba por los peldaños, gemidos de dolor y peste de muerte, mientras los SS gritaban para que nadie se detuviese, porque éramos una pandilla de gandules que no hacíamos más que perder el tiempo. Los demás prisioneros bajamos la mirada y procuramos pasar desapercibidos.

Aquel día, por si no era suficiente, descubrí que nuestra imaginación, la del ser humano, carece de límites cuando se trata de infringir dolor a nuestros semejantes. Un cadáver más carecía de importancia. Los únicos que se quejaban eran los encargados de los hornos crematorios, porque tenían más trabajo. Y eso que no los cargaban ellos, sino otros prisioneros, triángulos verdes.

Busqué al hombre que me había salvado de dar con mis huesos en las rocas del fondo. Era uno triángulo azul. Se llamaba Miguel y hablaba un poco de alemán. No demasiado, pero nos entendimos. Le di las gracias y él me explicó que ya hacía siete meses que estaba allí dentro. Yo le relaté mi desgracia. La suya era muy simple: primero había luchado contra Franco y después contra los alemanes con la resistencia francesa. Era bajo y moreno, con unos ojos vivos y nerviosos.

—¿Se puede vivir tanto tiempo, aquí dentro? —le pregunté.

—¿Te has fijado en la divisa que los SS lucen en el cinturón? —sonrió—. *Gott Its Mit Uns*. Dios está con nosotros. G.I.M.U. ¿Sabes qué hago cada día, cuando bajo a la cantera? Con cada paso que doy repito sin cesar: GIMU.

—¿Gimu? —pregunté con una sonrisa—. En todo caso tendrías que decir guimu, porque en alemán la G y la I se pronuncian GUI.

—¡Qué más da! —rió él—. Lo importante es el significado. Tú di guimu, que yo seguiré diciendo gimu. Y, con suerte, viviremos.

A partir de aquel día, cada vez que descendía a la cantera, cada vez que recibía un bastonazo, un puntapié, un castigo, con cada paso... yo pronunciaba: GUIMU, GUIMU, GUIMU. Y se convirtió en una oración. Dios está con nosotros, no con ellos, y nosotros acabaremos venciendo.

9 - LA INMENSA SOLEDAD

Desde que había ingresado en el campo no había vuelto a ver a Rudi Hassestein, porque él formaba parte del comité de recepción y nunca cruzaba las puertas.

Una mañana nos despertaron a bastonazos y nos sacaron a empujones para formar en el patio de pasar lista. Allí nos ordenaron desnudarnos y que dejásemos la ropa a nuestros pies. Hacía frío, un frío horroroso que nuestros cuerpos debilitados y famélicos aún notaban más. Alguien hizo correr la voz que un prisionero había huido y entonces comprendimos la mala leche que gastaban los SS.

Pasaron lista y faltaban tres. La rabia de nuestros carceleros aumentó hasta extremos inimaginables y comenzaron a repartir bastonazos y puntapiés, mientras gritaban enloquecidos.

Tenías que aguantar los golpes sin moverte. En caso contrario se encarnizaban contigo y podías morir allí mismo.

—¡Buscad en los barracones! —gritó un oficial.

—Tú, tú, tú.. —empezó a señalar un soldado.

De pronto una mano me agarró por el pescuezo y me sacó de la fila, desparramando mi ropa.

—¡Vamos! —escuché la voz de Rudi Hassestein.

Le seguí y me uní a los desgraciados que tenían que registrar los barracones. Salimos corriendo, seguidos de cerca por los soldados y por el cabo Hassestein.

—¡Quiero que les encontréis! —gritó el cabo.

Nos distribuimos y a mí me tocó el barracón diecisiete, uno de los que servían para albergar a los novatos. Entré y comencé a removerlo todo. Rudi entró detrás de mí.

—En aquel rincón —me dijo, apuntando con la barbilla.

Me dirigí hacia allá sin rechistar y justo detrás de unos colchones había un cuerpo.

—Desnúdale y sácalo fuera —me ordenó.

Se trataba de un triángulo verde, de los que acababan de llegar hacía pocos días. Le desnudé, cargué con aquel cuerpo y con su ropa y lo saqué como pude, arrastrándolo hasta depositarlo delante de todos.

Otro prisionero había encontrado el segundo cadáver.

—Vosotros dos, recoged vuestra ropa y quedaos delante de los cuerpos que habéis traído —nos ordenó el cabo Hassestein.

Entramos en las filas, recogimos nuestra ropa para ponernos firmes delante de los dos cadáveres. Justo al llegar, el cabo me pegó con el bastón y mi ropa cayó al suelo y se mezcló con la del muerto. Entonces, Rudi Hassestein apartó con el pie una parte de la ropa y la dejó a mis pies.

Durante toda la mañana no nos movimos de allí. Hacia el mediodía, medio helados, oímos que llegaba un camión y poco después dos soldados arrastraban el cuerpo de un prisionero hasta plantarlo delante de todos. El pobre había recibido lo suyo y le costaba mantenerse en pie. Pasaron una cuerda por encima de una viga de madera montada sobre dos palos, la ataron a las manos del prisionero, a la espalda, y tiraron de ella hasta que los pies del desgraciado ya no tocaban el suelo y quedó suspendido y con el cuerpo arqueado. Los gritos de dolor de aquel hombre me llegaron al alma.

El oficial nos soltó un discurso y nos explicó con exquisito detalle que nadie, bajo ninguna circunstancia, podía huir de aquel campo. Nadie lo había conseguido y nadie lo conseguiría, dijo orgulloso y henchido. Entonces se volvió y ordenó a un soldado que izara aún más al fugitivo. Cuando estuvo bastante alto, el oficial se colgó de sus pies.

El silencio era absoluto y oímos con absoluta claridad el ruido que hacen los huesos de las clavículas cuando se parten. El grito fue espeluznante. Sin embargo, nadie se atrevió a apartar la mirada del infortunado, ni a pestañear. Tenías que mirarle o lo pagabas muy caro.

Aquel pobre diablo, que había disfrutado de la libertad durante una noche, tardó más de dos horas en morir. Un precio demasiado alto para tan poco tiempo. Le estuvieron golpeando hasta que dejó de responder y se convirtió en un saco colgado. Sus brazos, que habían comenzado hacia atrás, ya formaban una línea vertical con el cuerpo. Las articulaciones de los hombros habían dado una vuelta entera.

—¡A trabajar! —bramó el oficial.

Tomé mis pantalones y me los puse. Después vi que la chaqueta no era la mía e intenté cambiarla por la que había quedado junto al cadáver, pero Hassestein, que estaba a mi lado, me propinó un bastonazo.

—¡Rápido! —exclamó con rabia—. ¿No has oído?

Iba a decirle que aquella no era mi chaqueta, que yo era un prisionero político con triángulo rojo, pero me soltó un segundo bastonazo, y guardé silencio.

Dentro del campo, conforme transcurren los días, acabas desarrollando un sexto sentido y captas mensajes sin palabras. Acababa de comprenderle. Él quería que yo vistiese la chaqueta con triángulo verde. Y cuando nos dieron la orden de ir a trabajar, me quedé cerca de él.

Todos echaron a correr y Hassestein señaló el cadáver que me había hecho arrastrar desde del barracón diecisiete.

—Retira el cuerpo de Günter Psarris y llévalo al horno —me dijo.

—¿El cuerpo de quién? —me atreví a preguntar, porque la sorpresa era mayúscula. Ellos nunca nos llamaban por el nombre, sino por el número.

—Te prometí que un día te devolvería el favor, y ya lo he hecho. Ahora eres un *kapo* y todo depende de ti —me respondió entre dientes, casi sin abrir la boca—. Si eres inteligente y haces todo lo que te manden, dispones una posibilidad de salir de aquí.

—Cuando consulten las listas sabrán que soy Günter Psarris. El número me delata.

Balanceó su cuerpo adelante y atrás, me miró divertido y sonrió.

—Tu nombre es Ludwig Jurgens. Estás aquí porque has matado a dos hombres y tu número no tiene que preocuparte. Los registros los controlo yo, porque los demás son idiotas. ¿O aún no te has dado cuenta de que vivo rodeado de retrasados mentales? Esta noche te trasladarán al barracón treinta y siete.

—Mis compañeros...

—Acabas de llegar. Y, además, nadie llevaría la contraria al cabo Hassestein —hizo una mueca que quería parecer una sonrisa—. Ahora te alimentarán mejor. Has de estar fuerte para pegar a esos desgraciados.

—No quiero pegar a nadie —me atreví a replicarle.

—¿Recuerdas la conversación que mantuvimos en Viena? —me preguntó, y yo asentí con la cabeza—. ¿Y aún no has entendido que un hombre hace cualquier cosa para sobrevivir? Ya has visto que sólo hay dos modos de salir de este lugar: por la chimenea en forma de humo o por la puerta, dentro de uno camión, pero cadáver. Quien aquí entra, pierde toda esperanza. Lo tienes presente, ¿verdad? —dijo, y yo asentí de nuevo—. Pues ahora te diré que la esperanza siempre existe para un hombre inteligente. Y tú lo eres y, además, me caes bien —añadió.

Dio media vuelta y se marchó.

Habituarse a la dura vida del campo de Mauthausen no era una tarea sencilla, como tampoco lo era cambiar de personalidad y vivir dentro de un grupo que no te corresponde. Y menos aún si llevas un triángulo verde pegado a la chaqueta.

Entre los asesinos se había creado una sociedad cerrada, con sus propias jerarquías, en función de la brutalidad que los *kapos* eran capaces de manifestar. A más brutalidad, mayor rango y mayores simpatías por parte de los SS. Para sobrevivir tenías que ser astuto, porque el juego consistía en que nunca te cazaran. Si querías hacer un favor, tenías que ser muy hábil.

Durante dos meses procuré no intimar con nadie, porque no podía fiarme de nadie. Al contrario que los españoles o los judíos o los polacos o los checoslovacos, que habían hecho piña y se ayudaban unos a otros, los triángulos verdes éramos animales entre animales. Sólo si mordías te respetaban. Y la soledad se apoderó de mí hasta el extremo que no sabía si podría resistirlo. El único pensamiento agradable era la imagen de Ilse. Su imagen. Llegada la noche, cuando me tendía sobre el colchón, cerraba los ojos y ella me visitaba. Si no hubiera sido por ella, quizás habría preferido la muerte, pero su recuerdo y el deseo de encontrarla de nuevo me mantenían en pie y me impelían a seguir andando.

Entre los demás prisioneros un triángulo verde era sinónimo de apestado. Nos respetaban cuando estábamos cerca, pero nos odiaban. Tras muchos intentos, Miguel acabó por escucharme. Únicamente él, porque el resto de sus compañeros ni me dirigían la palabra. El único problema era que estábamos muy alejados, el uno del otro, pero le hice un par de favores: le conseguí una manta, dos toallas, un pedazo de tela y un poco de margarina extra. Cosas que en el interior de aquellos muros eran oro puro. Ese detalle permitió que me considerara un amigo y que los demás me tolerasen. Cuando menos, ya tenía alguien con quien contar. ¡Y suerte tuve de él! Era todo un personaje, con un espíritu de lucha como nunca he conocido. Él se sumó a la imagen de Ilse y me sostuvo en los peores momentos. Le recuerdo con tanto cariño...

—Yo veré a los míos. Te lo juro. Y a ti, Ilse te aguarda —me decía cuando estaba a punto de derrumbarme. Entonces me agarraba por la pechera y me zarandeaba—. Gimu... No, perdona que tu dices guimu. Pues repite: guimu, guimu, guimu... Y piensa en ella. No lo olvides nunca. ¡Lucha, cojones!

—¿Contra quién quieres que luche, si ellos tienen las armas y el poder? —le respondí un día.

—¡Contra nadie, idiota! —exclamó—. ¿Aún no has comprendido? Yo he vivido una guerra. Participé en la batalla del Ebro y sobreviví. No luches nunca contra nadie, porque lo harás con odio y tus enemigos, el odio o tú mismo acabarán por destruirte. Lucha por ti. Sólo por ti. Y un día tú y yo saldremos por aquella puerta —Señaló la puerta del campo de Mauthausen—. Sí. Tú y yo cruzaremos esa puerta y lo haremos andando. No en un camión, sino por nuestro propio pie, para demostrar que estuvimos en el infierno y salimos por nuestros propios medios. ¡Lucha por ti, cojones!

Cojones es la primera palabra que aprendí de sus labios. La empleaba siempre. Con fuerza, con rabia. Era todo un personaje. Se movía como una ardilla, conocía a todo el mundo, mantenía contactos con todos los grupos y hablaba conmigo. Eso era lo más importante: que hablaba conmigo. Él durante el día e Ilse de noche. Con ella era yo quien hablaba y le explicaba las conversaciones con Miguel como si le hablase de un amigo común, como si ambos le conociésemos de toda la vida. Y al final un único pensamiento: ¡Tenía que sobrevivir a cualquier precio!

Un día me abordó un triángulo verde. Ya no recuerdo su nombre, pero era uno de los más brutales. Intimidaba a sus compañeros, que le temían. Era uno de los de máximo privilegio, porque incluso le permitían visitar de vez en cuando el burdel del campo.

—Yo soy quien manda. ¿Lo has comprendido? —me dijo.

—¿Dónde crees que mandas, desgraciado? —le contesté.

Me agarró por la pechera y ya iba a golpearme, cuando otro *kapo* que le acompañaba, le murmuró al oído:

—Vete con cuidado. Es el protegido del cabo Hassestein.

Me miró a los ojos y yo aguanté firme. Entonces sonrió, me soltó y se marchó.

Nadie no volvió a molestarme nunca más. Por fortuna yo no tenía que morder y me respetaban, porque aquella pandilla de animales sentían verdadero terror por Rudi Hassestein.

Es difícil explicar cómo te sientes cuando lo único que te rodea es la soledad, a pesar de que te acompañen centenares de hombres. Me levantaba cada mañana, tomaba un palo y me dirigía a la zapatería, cumplía con mi cometido de vigilar que la producción fuese la adecuada y regresaba a la cama. Dentro del barracón los triángulos verdes guardaban silencio cuando yo entraba, formaban grupos a parte y se comunicaban entre ellos en voz baja. Murmuraban que mi actitud no era demasiado amigable y sospechaban que le pasaba información sobre ellos al cabo Hassestein. Por esa razón me trataban con respeto y con cierto temor, y yo no hacía nada por corregir esa situación.

Habían transcurrido seis meses desde que había ingresado en el campo. Seis largos meses y lo que había conseguido, a parte de sobrevivir, era que nadie me dirigiese la palabra. Aquello era lo peor de todo. Sin embargo, milagrosamente, había sobrevivido al terrible invierno de 1941, con temperaturas que rondaban los dieciséis grados bajo cero. Los barracones de madera nos protegían relativamente del frío, pero yo había conseguido una buena manta, que defendía con uñas y dientes, si era necesario, porque allí se aplicaba la ley del más fuerte.

¡En fin! Podría relatar mil detalles, anécdotas, torturas, vejaciones, arbitrariedades, salvajadas... y me quedaría corto. Lo cierto es que mi habilidad para eludir cualquier responsabilidad se acrecentó hasta extremos impensables. Aprendí a no destacar en nada y a pasar desapercibido a los ojos de todos. Era la mejor forma de sobrevivir.

Aunque vivíamos de espaldas al mundo y sin ningún contacto con el exterior, las noticias nos llegaban y se propagaban gracias a los nuevos prisioneros.

El mes de noviembre de 1941 apareció el primer contingente de prisioneros rusos. Eran por lo menos un buen par de miles. A ellos les confinaron en un lugar a parte, lejos de nosotros y aislados. Sin embargo, en un campo de prisioneros se acaba sabiendo todo y la imaginación rompe cualquier alambrada y cualquier frontera, aunque esté electrificada.

Miguel, que nunca paraba quieto, se las apañó para enterarse por boca de aquellos rusos de que Alemania no lo tenía fácil en las estepas y que Estados Unidos había entrado en el conflicto, porque Japón había atacado sin previo aviso Pearl Harbor y había destruido casi doscientos aviones y cinco acorazados de combate, con la que la flota americana del Pacífico había quedado tan maltrecha que todos temblaban.

—¿Te das cuenta? —me decía eufórico—. Yo tengo razón. Aguanta y saldremos de aquí.

Poco después, con otro cargamento de rusos, supimos que el ejército del III Reich se había estrellado contra Moscú a causa del intenso frío, del famoso general blanco. Y poco después, en Enero de 1942, nos enteramos de que el ejército ruso contraatacaba.

Sin embargo, dentro de aquellos muros, el tiempo transcurría lentamente. Muy despacio. Cada día era igual que el anterior y la muerte nos visitaba y conversaba con nosotros para explicarnos que tenía mucho trabajo. Entonces, aquel espectro abría los brazos y nos mostraba los prisioneros rusos muertos por los golpes que recibían en la cabeza o fusilados frente a las alambradas, todos los judíos que quedaban tendidos en el fondo de la cantera, los checoslovacos torturados en mitad del campo, los españoles aplastados para diversión del SS, los polacos ahogados en el río...

Sí, el tiempo transcurría lentamente, lentamente, lentamente... Y yo no dejaba de pensar en Ilse y de buscar la posibilidad de salir de allí. ¿Pero, cómo? Porque escapar era del todo impensable. Nadie lo había logrado y, si cruzaba aquellos muros, ¿adónde iría? Pelado al cero, mal vestido y débil no podía ni imaginar que fuese capaz de aguantar un día entero de marcha. Huir significaba la muerte.

Una mañana me ordenaron presentarme para el reconocimiento médico. Lo hacían de vez en cuando para determinar los que aún servíamos y los que debían de ser eliminados porque ocupaban un lugar que necesitaban para albergar la gran cantidad de hombres que se convertirían en poco tiempo en despojos humanos. Los barracones cada día se llenaban más y donde antes dormíamos dos, estorbándonos el uno al otro, ahora teníamos que dormir diez o doce, el uno sobre el otro. Casi cada mañana alguien aparecía asfixiado.

Me sorprendió y me asustó que me llamasen a una revisión médica. Según mis cálculos aún no me tocaba, y más valía echarse a temblar.

Entré en las dependencias que había junto a las duchas y me encontré con cinco triángulos verdes. Todos en silencio y preocupados. Hablar equivalía a exponerse a un castigo. De manera que permanecimos en pie, sin mirarnos.

Aguardamos durante una hora bien larga, eterna. Finalmente apareció un médico, nos hizo un rápido reconocimiento, descartó a uno, que regresó al campo, y desapareció tal como había aparecido, sin mediar palabra.

Una hora más de espera y fueron llamándonos uno a uno. Fui el tercero. Los otros dos, los que ya había entrado, habían salido y habían regresado al campamento sin siquiera dirigirnos una mirada.

Cuando entré en el pequeño despacho, había dos médicos, un oficial y el cabo Hassestein.

—Has matado a dos hombres —me dijo uno de los médicos. No era ninguna pregunta, sino una afirmación.

—Sí, señor —le contesté.

—¿Por qué?

—Se lo merecían, señor —respondí. ¡Qué le podía decir, sino! No tenía ni idea de nada. Y permanecí quieto y esperando.

Tras un corto silencio, vi que quien tenía la carpeta frente a sí afirmaba con un gesto de la cabeza, hablaba en voz baja con su compañero, me observaban, volvían a mirarse entre ellos y, finalmente, anotaron algo. De todo ello deduje que mi respuesta les había complacido e inexplicablemente no me formularon más preguntas.

Minutos después abandonaba aquel despacho con un regalo del cielo. Entraría a formar parte de un reducido grupo que serviríamos para un experimento de rehabilitación. El cabo Rudi Hassestein les había proporcionado mi número como uno de los prisioneros que podían seguir un curso de ideología nacional, tal como ellos lo llamaban. De manera que quedaría dispensado durante una hora al día de mis obligaciones y recibiría instrucción para poder crear grupos susceptibles de rehabilitarse y volver a formar parte de la sociedad.

Dos meses después me asignaron mi grupo de debate. Yo sería el animador. El instructor de un grupo de bestias que lucían un triángulo verde en la chaqueta. Y mi tarea consistía en convertirlos en seres útiles a la sociedad. Me daba risa. No podía creérmelo. Yo estaba formando a los demás sobre todas las ideas que más odiaba, y convivía con una pandilla de asesinos y desgraciados. Sin embargo, cada palabra, pronunciada con énfasis, representaba un empujón más de mi voluntad por abandonar aquel infierno e ir en busca de Ilse. Y procuraba poner todo mi entusiasmo en cada mentira.

Guimu, repetía en mi interior cada mañana, nada más despertarme. Guimu, guimu, guimu, guimu, guimu...

Y transcurrieron los días, las semanas, y los meses, hasta que a finales de la primavera, casi en las puertas del verano de 1942, tuvieron lugar dos hechos que cambiarían muchas cosas.

El primero fue a finales de Mayo, justo al día siguiente del atentado que padeció Reinhard Heydrich, el hombre de confianza de Himmler.

Aquel día los SS estaban especialmente violentos y rabiosos y descargaron su ira en nosotros. Los *kapos*, con tal de evitar los golpes, nos sumamos a las palizas. Yo procuraba no pegar demasiado fuerte y descubrí que Miguel era perseguido por otro *kapo*. Me adelanté, le alcancé, lo revolqué por el suelo y descargué sobre su espalda un par de bastonazos, simulando una dureza inexistente. Él captó de inmediato mis intenciones y se quedó quieto, acurrucado en el suelo, mientras se protegía la cabeza. No había que ser muy inteligente para descubrir que si se quedaba allí, conmigo, estaba salvado. Y él era más vivo que el hambre.

Continué simulando que le golpeaba para permitir que los demás se alejasen y cuando ya creía que lo había conseguido, recibí un empujón por parte de un oficial de las SS.

—¡No pierdas el tiempo con este hijo de puta! —exclamó, desenfundó la pistola y le disparó a la cabeza con una frialdad absoluta.

Se me heló la sangre en las venas. Sin embargo, tuve que reaccionar de inmediato, porque en caso contrario yo habría sido el siguiente.

Cuando huía corriendo, me volví un instante y contemplé el cuerpo del pobre Miguel. Estaba tendido y su cerebro desparramado por el suelo, confundido con el de otros que habían sufrido idéntica suerte.

¡Dios mío!. Acababa de perder al único amigo que tenía dentro del campo y con él lo perdí todo, porque me llegó el rumor de que sus compañeros me hacían responsable de su muerte. No hubo manera de hacerles comprender que yo había intentado salvarle y me quedé solo. Ahora sí que estaba completamente solo.

¡Ilse!, grité en sueños aquella noche. ¡Ilse! Ya era lo único que me quedaba en este mundo. Y era un recuerdo, porque a pesar de todo el ánimo y el ejemplo de Miguel, había perdido toda esperanza de encontrarme de nuevo con ella.

Durante los días que siguieron a aquella terrible mañana, las palizas y los cadáveres se multiplicaron. Heydrich murió el 4 de Junio a consecuencia de las heridas recibidas en el atentado y los checoslovacos del campo padecieron una represión y una violencia como nunca se había visto, porque la Gestapo había descubierto que los autores del atentado eran miembros de la resistencia checoslovaca. En esta nueva descarga de furia y de horror no hicieron distinciones y recibimos todos.

El segundo hecho tuvo lugar a finales de Junio. En mi grupo había un *kapo* que respondía al nombre de Natz. Era un ser sanguinario y cruel, capaz de cualquier acto con tal de caer en gracia a los SS, hasta el extremo que golpeaba con rabia y con sadismo, como si fuese uno de ellos. Otros procuraban hacer su trabajo y sólo se extralimitaban cuando los SS estaban cerca o venían con la sangre alterada. Sin embargo, a Natz le agradaba lo que hacía. Mis compañeros le reían las gracias, aunque sabían que estaba repleto de bajos instintos que procuraba colmar de cualquier manera. Nadie se atrevía a enfrentársele, porque él era simpático a los SS.

Una tarde, cuando yo me dirigía a la zapatería, le vi que se había detenido frente a un barracón y que observaba con interés por la ventana, hacia el interior. Le vi acariciar su palo y lamerse los labios. Abandonó su puesto de observación y entró. Movido por la curiosidad me acerqué a la ventana y también miré.

Dentro del barracón se encontraba un muchacho joven, de unos veinte años, que formaba parte de la brigada de limpieza y que lucía un triángulo violeta en su chaqueta. Éste era el color que distinguía a los homosexuales. A pesar de que era delgado y estaba rapado, todos sabíamos que aquel muchachito atraía al *kapo* Natz, que ya hacía días que le iba detrás, pero que sólo recibía calabazas.

La escena que se me presentó a los ojos no dejaba lugar a dudas. Natz permanecía en pie delante del muchacho y sonreía con satisfacción. A aquella hora no podía estar allí y le golpeó varias veces, mientras soltaba risitas de maníaco. Me acerqué a la puerta y escuché que le decía:

—Pareces una mujercita tierna y afectuosa. ¿Verdad que serás amable conmigo?

De pronto, con violencia, se abalanzó sobre el muchacho, lo arrastró hasta una litera, le obligó a tenderse boca abajo, le despojó de los pantalones y lo poseyó.

Entre gemidos y resoplidos, Natz coronó su propósito y se levantó victorioso.

Yo había presenciado la brutal acción, pero no había intervenido, porque el muchacho podía salir bien librado con tan sólo una violación.

Ya sé que se trata de una vejación horrible y digna de todo mi desprecio. Sin embargo, cuando te hallas en tales circunstancias, la vida, y siento decirlo, pasa por delante del honor y que te den por el culo es un mal menor. Es duro, pero es real.

El muchacho permanecía tendido en la litera, sin atreverse a mover un pelo, mientras Natz se ajustaba los pantalones y reía divertido.

—¿Te ha gustado? —preguntó, y el muchacho no respondió—. ¿No has tenido bastante? —insistió, acercando su asquerosa cara hasta casi besarle la mejilla—. Eso tiene remedio —añadió.

Entonces se retiró un paso, se situó tras el muchacho, agarró el palo y se lo introdujo en el ano. El joven gritó de dolor y yo no pude más, entré en tromba y golpeé a Natz, que se revolvió e iniciamos una pelea.

Poco después tres SS nos sacaban del barracón a puntapiés. El joven homosexual había desaparecido y yo me fijé en cuatro prisioneros que habían presenciado la escena, y grabé sus rostros y sus números en mi memoria.

Minutos después el teniente Archspiegel, que substituía accidentalmente al capitán Bachmayer, se paseaba delante nuestro, mientras los perros del campo se removían inquietos y esperaban la orden de lanzarse sobre nosotros y despedazarnos.

Hacía fresco, pero juro por Dios que nunca he sudado tanto como en aquellos instantes. Pensaba que, de un momento a otro, las piernas no me sostendrían y caería redondo.

—¿Qué ha sucedido? —preguntó el teniente Archspiegel con una sonrisa divertida y brazos en jarras. Se trataba de un personaje siniestro que se sentía el amo del campo, cuando no estaba Bachmayer, y al que le agradaba tratarnos como a niños traviesos, para después aplicarnos un castigo ejemplar.

Natz iba a responder, pero me adelanté, porque allí me lo jugaba todo.

—Mejor que explicarlo nosotros, quizás sería oportuno escuchar el relato de quien lo ha presenciado.

Aquello gustó a Archspiegel. Representaba un juicio, y él adoptaría el papel de juez. Una buena diversión, debió de pensar. Sí, iba con su carácter de maestro de escuela.

—Es razonable —sonrió, con aquellos dientes blancos y los ojos de hombre que cree que domina el mundo. Le proporcioné los números que guardaba en mi memoria, y él ordenó—: ¡Traedlos!

Poco después cuatro famélicos prisioneros se plantaron a nuestro lado. Temblaban de pies a cabeza y mantenían la mirada baja.

—¿Qué ha sucedido? —preguntó de nuevo Archspiegel, pero nadie se atrevía a hablar—. Tú —señaló a uno de los prisioneros.

—No lo sé, *Oberstumführer* Archspiegel. No he visto nada. Únicamente he visto que ellos se peleaban —respondió el interpelado.

—¿Y por qué se peleaban?

—No lo sé, *Oberstumführer* Archspiegel.

—¡Tú! —se dirigió al segundo prisionero.

—No he visto nada, *Oberstumführer* Archspiegel.

Y así respondieron uno tras otro. Archspiegel se plantó frente a mí y me miró sonriente. Me vi muerto.

En aquel instante apareció el cabo Hassestein. ¡No! Sargento Rudi Hassestein, porque había cambiado de galones.

Eché una mirada de reojo a los cuatro prisioneros, que no querían inmiscuirse en las disputas de dos *kapos*. Y eso que a uno de ellos le había hecho algún favor.

—¡Bien! ¿Tienes algo que añadir? —me preguntó Archspiegel, casi a un palmo de mi nariz.

—Él daba por el culo a un prisionero, *Oberstumführer* Archspiegel —acusé.

—¡Es mentira, *Oberstumführer* Archspiegel! —gritó Natz.

—¿Número? —preguntó Archspiegel.

—No lo sé, *Oberstumführer* Archspiegel, pero puedo decir que era sucio y judío. Por esa razón le he golpeado.

—¡Mentira! No era judío —negó Natz, y entonces se dio cuenta de su error. Al decir que no era judío, acababa de confesar que la acción había existido.

Archspiegel se volvió hacia él y le miró con rabia, con la mirada del maestro que acaba de descubrir al culpable de la fechoría.

—Él me lo disputaba —dijo Natz con voz temblorosa.

—No hay nada más hermoso que una mujer pura y aria, *Oberstumführer* Archspiegel —me puse firmes y con la mirada al frente.

Hassestein se acercó al teniente Archspiegel, se lo llevó a parte y le susurró algo al oído.

De pronto Archspiegel enrojeció, miró a Natz, se acercó y le golpeó con saña, con el bastón, hasta apartarlo de nuestro lado. Entonces, hizo una seña a los SS que sujetaban los perros, que cada vez se mostraban más excitados, y los soltaron.

En apenas unos segundos el aire se llenó de espantosos alaridos, de gritos y, finalmente, de silencio. Cuando retiraron los perros, con los colmillos que chorreaban sangre, resultaba imposible reconocer el cuerpo de Natz. Estaba hecho jirones, con las carnes que le colgaban y un buen número de huesos aplastados.

Archspiegel golpeó a los cuatro prisioneros que había ordenado ir a buscar y los echó de allí. A mí ni me tocó.

—Buscad al marica de mierda y clavadle una estaca en el culo. Le quiero en mitad del patio, bien clavado, que sus pies no toquen el suelo, bien alto, para que todos puedan verle —dijo, y se marchó.

Hassestein se detuvo un instante a mi lado.

—Vas aprendiendo. Si ahora eres inteligente, ya tienes un pie fuera —murmuró, y también se marchó.

10 - El PRECIO DE LA LIBERTAD

Transcurrido el verano de 1942, tras haber sobrevivido durante casi un año entero en el campo de Mauthausen, ya era un veterano. La norma era clara y me la habían repetido mil veces.

—Si consigues sobrevivir los tres primeros meses, tienes muchas probabilidades de sobrevivir los tres siguientes —me había dicho Miguel en diversas ocasiones, cuando yo estaba convencido de que ya no podría soportarlo más—. Y si sobrevives nueve meses, tienes muchas probabilidades de salir de aquí.

Él, por desgracia, no cumplió la norma, a pesar de que hacía más tiempo que había llegado y que había sido capaz de sortear peligros muy superiores, pero la muerte se había cebado en él. No conocía su apellido ni si tenía familia ni nada de nada. Únicamente sé que era un buen hombre, que había nacido en un lugar llamado Cataluña, en las montañas de los Pirineos. No me dijo ni el nombre de su pueblo. Gracias a él sigo vivo. Sin embargo, su muerte significó mi gran soledad. Seguía dirigiendo mi grupo de debate y lo animaba vomitando las consignas que recibía de mis instructores políticos. Máximas y más máximas que tenía que repetir como un lloro. Ahora mi pasado de inmigrante había desaparecido. Disfrutaba de una nueva identidad, un nuevo nombre y había perdido un pasado, para ganar una nacionalidad. Ya era austriaco. No sabía cómo se las había apañado Rudi Hassestein, pero en todas las listas el nombre de Günter Psarris aparecía tachado en rojo. Günter había muerto a los ojos del mundo y conforme transcurría el tiempo, quedaba más enterrado.

Pasé de controlar la zapatería a hacerme cargo de las listas. Eran inmensas, con números y más números junto a los nombres. Les veía llegar y desaparecer engullidos por la cantera. Cada día tachaba un montón, sobretodo judíos, que eran eliminados con una rapidez escalofriante. No eran más que números. Y, puestos a decir, me parece que para aquellos animales no eran ni números, sino una especie de cosa que tenía que acarrear un número determinado de piedras y después desaparecer, cuando sus fuerzas ya no daban para más.

Yo no podía quejarme, porque me alimentaban mejor y me trataban bien, si es que este calificativo puede aplicarse a un lugar como aquél.

Periódicamente nos visitaban unos médicos y unos oficiales. Entonces llamaban a los que seguíamos las enseñanzas, nos hacían pasar una revisión y nos cosían a preguntas. Aprendí a responderlas todas, me aprendí de memoria lo que ellos deseaban escuchar y a comportarme como un hombre que ha cambiado y que siente devoción por sus carceleros y por un régimen que me producía náuseas.

Cada día me sentía más aislado, cada día me alejaba más de la gente del campo de trabajo, hasta al punto que casi ni pensaba en ellos, sino en la posibilidad de salir de allí e ir en busca de mi amada Ilse. ¿Dónde estará?, me preguntaba. Y cada día, sin que faltase uno sólo, repetía, al levantarme: guimu, guimu, guimu. *Gott its mit uns.* Dios está con nosotros. ¿De veras existe Dios?, era la pregunta que me aparecía delante, porque me resultaba imposible imaginar que Él fuese capaz de consentir todas aquellas atrocidades. Por lo menos, existe la esperanza, era la conclusión. Y si no pierdes la esperanza, significa que aún sigues vivo.

Así transcurrieron unos meses hasta un día que regresaron los médicos y los oficiales. Aquella mañana entré en el despacho que ya conocía y, por primera vez, me ofrecieron una silla. Era un cambio que podía calificarse de espectacular. Nunca ningún prisionero, bajo ninguna circunstancia podía sentarse ante un SS. O estabas de pie o te revolcabas por los suelos víctima de una paliza.

Me formularon preguntas que ya conocía y las respondí de la misma manera de siempre. Me parece que ya lo hacía mecánicamente, sin pensar, como un loro, de igual forma que respondía las preguntas de mi grupo de animación.

Al concluir el interrogatorio, uno de los oficiales, un capitán, que había permanecido en silencio y había estado observándome con suma atención durante todo el rato, tomó la palabra.

—¿Si salieses de aquí, dónde irías? —me preguntó.

Aquella era la primera vez que añadían un condicional y que este condicional abría una puerta a la esperanza, porque allí dentro nadie hablaba de fuera. Era un tema prohibido. El mundo exterior dejaba de existir desde el preciso instante en que cruzabas la puerta, y aquellas bestias te lo recordaban a cada momento.

Me di cuenta de inmediato que de mi respuesta dependía mi futuro y que no podía equivocarme. Mi primer pensamiento fue para Ilse, y estuve a punto de equivocarme. Günter había muerto, me había dicho Rudi Hassestein. Y si Günter había muerto, Ilse no existía, ni nada de mi pasado, ni Laura ni Hans ni sus hijos. Entonces, ¿qué existía? Nada. El vacío absoluto. ¿Cuál era la respuesta correcta, entonces?

—Me alistaría a las SS, *herr* capitán —respondí, y me puse en pie y firmes.

—Retírate —dijo, y tomó nota de mis palabras.

¿Me había equivocado?, me pregunté cuando salía. Quizás había ido demasiado lejos, porque aquel capitán no dijo nada ni su rostro expresó emoción alguna ni el más leve sentimiento, sino que permaneció indiferente, igual que durante toda la entrevista.

Unas semanas más tarde llegó un nuevo contingente de prisioneros y los separaron, como ya era costumbre, en judíos y no judíos. Un buen número de los primeros fueron introducidos en el búnker, nombre con el que se conocía la prisión inferior, que albergaba el subterráneo con las salas de tortura, las cámaras de vivisección y los hornos crematorios. Quien entraba, ya no salía. Ésta era la norma.

Yo pasaba lista, mientras otro *kapo* recogía las joyas y las pertenencias de aquellos desgraciados, escribía el nombre en los sacos de papel, los cerraba y los echaba al montón. Los primeros días que estuve a cargo de las listas, pensaba en aquellos pobres hombres y sentía pena por ellos. Ahora, ya no sentía nada de nada. Escribía el nombre y ni les miraba. ¿Por qué había de mirarles? Dentro de poco serían despojos o... cadáveres. Los que aún seguían teniendo sentimientos eran los que estaban organizados. Pero yo no pertenecía a ningún grupo. Y la soledad lo mata todo. De manera que sabía cuál era el destino de aquella ropa, que sería clasificada y enviada al exterior para ser utilizada por alguien, y escuchaba mecánicamente las palabras de mi compañero, cuando les mentía y les decía que todos aquellos efectos los serían devueltos cuando saliesen de allí.

¿Quién conseguiría salir de allí?, me preguntaba. Hacía días y días que mi esperanza se desvanecía. Había creído que podía abandonar el infierno, tras la entrevista con los médicos, pero los días transcurrían y nada cambiaba. Nada... excepto mi esperanza, que ya empezaba a palidecer lentamente. Creo que había entrado en un estado depresivo y veía claro que no podría soportarlo mucho más tiempo. Incluso, una mañana, pocos días atrás, había observado la alambrada electrificada y estuve a punto de echar a andar hacia ella y abrazarla como si me agarrase a mi libertad. Sólo deseaba alcanzar la paz. La paz eterna.

De pronto un soldado vino a buscarme, ordenó que me substituyesen y me condujo hasta el subterráneo.

Yo nunca lo había visitado, pero todos sabíamos que era allí donde se realizaban los experimentos, donde mataban prisioneros con inyecciones de gasolina en el pecho, donde los descuartizaban para estudiarlos, donde tenían lugar las mayores atrocidades en bien de la ciencia médica, tal como decían aquellos animales infectos.

Entré y noté que las piernas casi ni me sostenían. ¿Habrán descubierto mi engaño?, no cesaba de interrogarme. ¿Se habrán dado cuenta de que yo no creo ni una sola de sus mentiras? Y seguí temblando hasta que estuve en presencia del teniente Archspiegel, que se encontraba acompañado por el sargento Rudi Hassestein.

—Según el informe que hemos recibido, parece que crees en nuestras verdades —me dijo aquel teniente—. Y a la vista de tu comportamiento, podría ser cierto.

—*Jawohl, Oberstumführer* Archspiegel —respondí, empleando un título que sólo podía otorgarle cuando Bachmayer estaba fuera, pero que a él le agradaba.

—Pues, ahora comprobaremos si nos mientes o no —sonrió, e hizo una seña al soldado que aguardaba junto a la puerta de la habitación.

El soldado salió y al poco regresó. Le acompañaba un hombre de unos cincuenta años, pequeño, tímido y con cara asustada, que se quedó de pie en mitad de la sala.

—Observemos con qué admirable precisión nuestro *Reichsführer* Himmler ha descrito el prototipo de la escoria judía —dijo Archspiegel.

A partir de aquí inició un notable discurso e hizo mención de un sinfín de rasgos físicos y de características que coincidían con los del pobre hombre que nos contemplaba con miedo en su rostro. Archspiegel se despachó a gusto y nos obsequió con una clase magistral. Al concluir, sentenció:

—No hay la menor duda de que estamos en presencia de un gran ejemplar de esa raza —Y todo lo decía como si tuviésemos delante un animal, y no un ser humano.

Se quedó callado un rato y me miró. Yo no hice el menor gesto, ni positivo ni negativo. No podía ni imaginarme a dónde quería ir a parar. Por eso me había quedado firmes, como si fuese un soldado. Entonces,

Archspiegel desabotonó su cartuchera y sacó una Luger P.08, que acarició con verdadero placer.

Finalmente extendió la mano y me la ofreció.

Me quedé de una pieza. Miré a Hassestein y puse cara de no entender nada, tal como era en aquel instante.

—Tómala —me ordenó Archspiegel con su sonrisa de hiena.

—Pero... —aún dudé.

—Tómala —repitió, apuntalando cada sílaba.

Alargué la mano y empuñé el arma. Sabía lo que iba a pedirme en breves instantes y no quería ni pensar en ello. Respiré hondo para que mi mano no temblase.

—Adelante. Acaba con este *kike* —me dijo, que es así como llamaban a los que calificaban de puercos judíos, seres pertenecientes a una raza maldita.

Me quedé contemplando el arma. ¡Aquello constituía un asesinato a sangre fría!, me horroricé y la sangre se me heló en las venas, mientras que mi corazón se desbocaba.

Durante breves instantes desfilaron ante mí todas las imágenes de todas las barbaridades que había vivido y presenciado dentro del campo. Las palizas, las torturas, los abusos, los crímenes, las arbitrariedades, las traiciones, los robos... Y ahora descubría que aquellos monstruos eran capaces de inducir al crimen más horrendo. Aquél era el precio de mi libertad. Si me negaba era hombre muerto y si aceptaba me convertiría en un asesino por el resto de mi existencia y por toda la eternidad. ¡Dios mío! ¿Hasta dónde somos capaces de llegar?

Por uno momento tuve un pensamiento increíble. Podía apuntar a Archspiegel, disparar y después matarme. Pero no lo hice. ¿Por qué? Por miedo. No hay otra explicación. Hacía poco que había deseado morir y ahora me horrorizaba la idea. No creía en nada. ¡Dios no existía! Y la muerte era el fin de todo, la nada, el vacío absoluto. ¡No quería morir! Y eso que la muerte había caminado junto a mí por espacio de un año.

Miré a aquel hombre. No a los ojos, porque no me atrevía a enfrentarme a unas pupilas que me llenarían de preguntas que yo debería responder, aunque fuese sin palabras. No, no le miré, sino que contemplé aquel cuerpo pequeño y escuálido y me pregunté qué era lo que le aguardaba. La muerte más horrible, sin duda, porque no saldría vivo de aquel subterráneo. Fue en aquel momento que me engañé a mí mismo y busqué una justificación para el acto que me habían propuesto. Yo podía matarle de una forma rápida y sin sufrimiento. No quería ni pensar que lo hacía para poder salir de allí. No, evidentemente. Me lo planteé como si aún le hiciese un favor, a aquel pobre diablo. La cobardía es inmensa y es capaz de encontrar excusas para todo, y de justificar cualquier acto.

Levanté el brazo con decisión, apunté a la cabeza, sin meditarlo dos veces, y apreté el gatillo. Me parece que en el último instante, cuando mi dedo se movía, cerré los ojos. No deseaba ver cómo caía, cómo su cerebro quedaba desparramado por la pared, a pesar de que tenía presente, muy dentro de mí, la imagen del pobre Miquel.

Escuché el sonido sordo del percutor que chocaba contra la cápsula, pero no oí la explosión de la pólvora. Abrí los ojos y descubrí que aquel hombre seguía en pie y que me miraba asustado. Se había quedado blanco como la nieve. Y yo sudaba y temblaba.

En lugar de todo eso oí los aplausos de Archspiegel. Los aplausos y las carcajadas, hasta el punto que le saltaban las lágrimas, mientras bromeaba sobre la cara de espanto de aquel desgraciado.

—¡Muy bien! —exclamó, y me miró sonriente—. ¡Muy bien! —repitió, sin dejar de aplaudir.

De pronto se hizo el silencio y el teniente se plantó frente a mí, entre aquel hombre y yo. Ahora ya no se reía, sino que me miraba como el oficial hace con un soldado, a punto de darle una nueva orden.

—Pero, demasiado fácil —dejó escapar una risita.

Se volvió hacia el judío, con las manos en jarras, y le contempló de arriba abajo. Entonces le olió.

—¡Qué peste! —exclamó—. ¡El muy hijo de puta se ha cagado! Acaba con él de una vez. No puedo suportar este hedor —y se apartó.

Contemplé de nuevo el arma, después miré a Hassestein y, finalmente, al teniente Archspiegel. Monté el arma, pero sólo escupió una cápsula vacía.

—No puedo —dije—. No hay munición en el arma.

Archspiegel rió divertido. Hassestein también.

—Eso no representa ningún problema para un hombre que desea ingresar en las gloriosas filas de las SS —me respondió, arqueando las cejas y dedicándome la mejor de sus sonrisas—. Porque es eso, lo que dijiste que harías, si sales de aquí.

Un escalofrío recorrió toda mi espalda, de arriba abajo. Aquello era una pesadilla horrible, imposible de imaginar. Un trato diabólico. Aquello era tanto como vender mi alma al diablo. ¡Libertad a cambio de muerte!

Estuve a punto de negarme, pero sentí un pánico indescriptible a morir, a no volver a ver nunca más a Ilse.

«Este hombre ya está condenado —no dejaba de repetirme—. Que sea yo u otro, quien ejecute la sentencia, tanto da».

Contemplé el arma que sostenía en mi mano. Necesitaba tiempo, encontrar nuevas razones y nuevas excusas. Y por fin hallé la más adecuada.

Yo ya había matado a aquel hombre, si era sincero. Lo había hecho en el preciso instante en que apreté el gatillo. Ahora, sólo representaba una repetición de mi acción, porque yo ya estaba condenado por toda la eternidad. Así me lo habían enseñado de pequeño, en la iglesia que había cerca de casa, donde asistía para prepararme para recibir la primera comunión. Nadie podría borrar que había disparado contra aquel hombre y que había deseado matarle para conseguir mi libertad. El crimen, pues, ya existía.

Y tras todos esos razonamientos, que no sé el tiempo que duraron, agarré la Luger por el cañón y me dirigí hacia mi víctima.

11 - BLANCO Y ROJO

Ya era un SS, ni más ni menos que lo que más odiaba, y llevaba impresa en la conciencia la huella de un crimen. Ya era uno de ellos. Me habían proporcionado un uniforme y yo había leído la divisa que figuraba escrita en el cinturón. *Gott its mit uns*. Dios está con nosotros. «G.I.M.U.». Mi guimu particular.

La última noche que pasé en el campo de Mauthausen, Rudi Hassestein vino a verme con una botella de Slibowitz en la mano. Teníamos que celebrarlo y casi la vaciamos. Él se mostraba contento. Su protegido había superado todas las pruebas y para él representaba un éxito que sus superiores premiarían. Yo también necesitaba beber, pero hasta perder los sentidos, y por otra razón bien distinta.

—¿Por qué has hecho todo esto por mí? —le pregunté, cuando la cantidad de alcohol que habíamos ingerido bastaba para desatar la lengua.

—El día que nos conocimos me ofendiste. Parecías tan seguro de ti mismo y dudabas de mis ideas que, cuando te vi entrar aquí, pensé que debía demostrarte que yo tenía razón. Ahora, ya eres como yo —rió.

—¿Lo has hecho por odio? —me quedé boquiabierto.

—¡No! —negó con energía—. Lo he hecho por gratitud. No tan sólo me salvaste la vida, sino que la cambiaste —me explicó con voz pastosa, y rió de nuevo, divertido—. El día siguiente de nuestra aventura en el café de Viena seguía dándole vueltas a que la Gestapo no persigue a un vulgar ladrón y se me ocurrió examinar con mucha atención los documentos que había en la cartera que acababa de robar —No cesaba de reírse a causa de la bebida y alzó el dedo índice, aunque le costaba mantenerlo firme delante de su nariz—. Verás: aquella cartera escondía un tesoro, si sabía emplearlo como es debido. De manera que me personé en las dependencias de la Gestapo y solicité hablar con alguien importante. Me inventé la historia de que la había encontrado en la calle, justo después de dejar al capitán Hans Teschler de las SS. Fue genial, porque nada más oír el nombre de tu cuñado, me abrieron las puertas de par en par. Además, aquellos documentos contenían información sobre la resistencia checoslovaca y una lista de nombres alemanes opuestos a la política de Hitler. Incluso di con un viejo conocido: el psiquiatra de Frankfurt —soltó una carcajada—. Le recuerdo tan elegante y orgulloso, que me habría gustado haberle visto cuando le detuvieron —Brindó, estalló en carcajadas, y continuó hablando—. Estuve colaborando unos días con ellos, conduciéndoles hasta donde se suponía que había encontrado la agenda e inventándome historias que a ellos les gustaba escuchar. Me inventé visitas sospechosas a la consulta de Frankfurt y cuando me dijeron que ya hacía días que iban tras aquel hijo de puta, intenté que me diesen trabajo, pero mi nombre figuraba en sus archivos. Aquel maldito psiquiatra de Frankfurt había hecho un buen trabajo. De manera que no podían aceptarme, pero me ofrecieron entrar en las SS, que como habrás comprobado no son tan escrupulosos. Sea como fuere, el hecho es que me ofrecieron un destino que me alejaba del frente ruso. Y he venido a parar aquí. Sin embargo lo más curioso es que, a pesar de mis antecedentes, nadie investigó si yo conocía de veras a tu cuñado. ¿No es increíble? ¿Te das cuenta? Se les escapó ese detalle. Me quedo pasmado porque tras pronunciar el nombre de Hans Teschler me arrepentí inmediatamente y creí que la había cagado. Pero, ya ves, es la suerte del que se arriesga —Apuró otro vaso de slibowitz—. Tú me salvaste y me cambiaste la vida y, si recuerdas, te dije que soy ladrón, pero también sé devolver un favor. Ahora yo te he salvado a ti y te he cambiado la vida. Eres libre de hacer lo que quieras y estamos en paz. El destino es imprevisible. ¿Verdad?

—Lo único que deseo es encontrar a mi esposa.

—¿Por qué? —me miró divertido—. Puedes buscarte otra. Eres un hombre nuevo.

—La quiero a ella.

—Pues tampoco plantea ningún problema. Búscala.

—Y cuando la encuentre, ¿qué hago? Oficialmente Günter Psarris ha muerto.

—¿Y qué? ¡Mejor! Ludwig Jurgens era viudo. Puedo asegurártelo, porque él mismo mató a su esposa. Descubrió que le engañaba, tomó un hacha y le abrió la cabeza. Después fue en busca del amante y lo abrió en canal. El hermano del infortunado estaba presente, se metió por medio y Jurgens le arrancó el hígado. Y no hablo figuradamente, sino que fue tal como te cuento. Agarró un cuchillo, le rajó las tripas y le arrancó las vísceras. Era un psicópata. De manera que con su muerte el mundo ha salido ganando. Cuando encuentres a tu esposa, cásate con ella. Será un amor a primera vista y una boda entre dos viudos. Nadie hará preguntas —me dio una palmada en la espalda y añadió—: Te espera una nueva vida.

Dicho de aquella forma, incluso sonaba bien.

—Si soy un psicópata, ¿por qué han aceptado mi rehabilitación? —le pregunté.

—No han aceptado tu rehabilitación, sino que tu acierto fue decir que querías entrar en las SS. Aquí necesitan gente como tú... —calló un instante, y corrigió—: Como Ludwig Jurgens, mejor dicho. Ya te dije que el hombre actúa en función de las circunstancias. Sigue mi consejo, vive el presente y olvida el resto. Ya me ves a mí. ¿Soy yo, quien ha creado todo esto? ¿Soy yo, quien ha declarado la guerra? No, evidentemente. ¿Y qué he de hacer? ¿Enfrentarme al poder y morir? No soy idiota. Si eres inteligente siempre estarás junto al vencedor.

—Si Alemania pierde la guerra, ¿qué sucederá?

—Nada. Los muertos no hablan. ¿Crees que alguien saldrá con vida de aquí? —me preguntó, y negó con la cabeza—. No, nadie. Ya ves como mueren. Y antes de que lleguen los aliados, habremos acabado con todos ellos. Si Alemania pierde la guerra, las circunstancias habrán cambiado y nosotros también habremos de hacerlo.

—¿No sientes respeto por la vida? —me horroricé, tras escuchar y sentir la frialdad con que se expresaba.

—¿Y tú? ¿Qué sentías cuando has aplastado la cabeza de aquel judío? —me miró—. La primera vez que matas se te revuelven las tripas, si has tenido que hacerlo en tus condiciones. Pero matar es fácil. Mucho más de lo que imaginamos. Ya has podido comprobarlo. Él esta muerto y tú sigues vivo. O él o tú. ¿Y qué queda? Únicamente una pequeña huella en nuestro cerebro.

—Una mancha. Una inmensa mancha —respondí—. La mancha de la conciencia que me tortura.

—¿Conciencia...? —exclamó sorprendido—. Los soldados no tenemos conciencia. Obedecemos órdenes y ya está. Es la sociedad que hemos recibido de manos de nuestros antepasados. Nosotros no somos responsables de nada. Cada día muere gente y otros nacen. En el reino animal sucede lo mismo y nadie se horroriza. Nosotros nos horrorizamos por culpa del pecado original. ¿Lo recuerdas? El bien y el mal.

—En el reino animal no se matan los que pertenecen a la misma especie. Eso nos diferencia de ellos —repliqué.

—¿De dónde sacas esas ideas? ¿Qué hace la Mantis Religiosa? Mata al macho después de aparearse —guardó silencio durante un instante y negó con enérgicos movimientos de cabeza—. No me vengas con historias. Somos animales y nada más. El alma no existe y las leyes de la naturaleza son precisas y exactas. Únicamente sobrevive el más fuerte.

Al día siguiente, a primera hora, crucé las puertas de Mauthausen por mi propio pie en un último homenaje a Miguel, que no podía caminar a mi lado. Después regresé, subí al camión y las puertas de Mauthausen se cerraron de nuevo a mi espalda. Sólo que ahora, yo estaba fuera. En el preciso instante en que el camión arrancaba metí la mano en el bolsillo y saqué la fotografía que Rudi me había regalado. En el reverso podía leerse la dedicatoria: para mi amigo y compañero Ludwig Jurgens. Estuve a punto de romperla, pero no lo hice y me la guardé. Ella sería el recuerdo perpetuo de mi permanencia en aquel infierno y la huella eterna que llevaría impresa en la conciencia durante el resto de mis días. Algún día regresaría con Ilse prendida de mi brazo y le explicaría todo lo que Miguel había hecho por mí. Así lo juré.

Tres semanas más tarde, después de haber recibido instrucción en un campo militar de donde no podía escapar, me subieron a un tren junto a un contingente de soldados y me enviaron a Rusia.

La búsqueda de Ilse tendría que esperar, pero, por lo menos había salido del infierno y disponía de una posibilidad.

No tardé demasiado en descubrir las verdaderas razones de mi liberación. Nada más poner un pie en Rusia nos cargaron en camiones y nos trasladaron al frente. Iban escasos de hombres. Por eso el ejército alemán ya no hacía distingos. Allí podía encontrar rumanos, italianos, húngaros y españoles junto a los alemanes. Todo aquél que fuese capaz de sostener un fusil era bueno.

Las temperaturas comenzaron a descender con rapidez y Hitler descubrió que el frente ruso era demasiado ancho para poder mantener unas líneas de aprovisionamiento en condiciones. Los rusos fustigaban nuestra retaguardia constantemente y destruían los trenes de suministros. Aún así, las órdenes de aquel demente seguían siendo atacar y atacar. Stalingrado representaba un punto estratégico de gran importancia, vital si deseaba conquistar toda Rusia.

Luchamos palmo a palmo por las calles de aquella ciudad, pero los rusos parecían reproducirse sin parar. Y llegado el mes de noviembre de 1942 desplazaron mi unidad hacia el sur, hacia la ciudad de Tula.

Creo que fuimos los únicos en escapar del desastre, porque poco después nos enterábamos de que Stalingrado había quedado aislada. Doscientos cincuenta mil hombres metidos en un saco. Eso es lo que sucedió cuando el ejército ruso ocupó Kalach, al Oeste, y cerró el círculo. Doscientos cincuenta mil hombres que estaban condenados a muerte, porque los aviones de la Luftwaffe no llegaban con la frecuencia que Goering había prometido y los alimentos escaseaban cada día más.

Hubo un cierto instante que sólo recibían un pedazo de pan al día. Así lo pregonaban los rumores que corrían por toda Rusia. Yo contemplaba a mis compañeros y les veía desmoralizados, a pesar de que ellos no sabían qué era sobrevivir a la muerte en las condiciones más extremas, mientras que yo llevaba encima un entrenamiento de más de un año.

Había visto una sola vez al general Von Paulus, a mediados de Octubre, y desde lejos. Los rumores apuntaban que quería rendirse. Los rusos cada vez estaban más cerca, hasta el punto que comentaban que el ejército alemán casi no podía moverse. Hacia finales de aquel mes, los rumores se hicieron más insistentes y la moral de la tropa estaba por los suelos. El glorioso III Reich tenía todas las trazas de padecer la mayor de todas las derrotas de su historia y aquellos hombres que se habían paseado victoriosos por toda Europa conocían el gusto amargo de la derrota, porque no había escapatoria posible. Decían, incluso, que cada noche se escuchaban disparos entre las filas alemanas. Eran los que se suicidaban, porque ya no podían soportar más aquel infierno.

—Debe ser horrible —me dijo un joven soldado, una noche, en las trincheras.

Habíamos luchado uno al lado del otro y no sabía ni su nombre. Era un pobre muchacho imberbe y estaba más que asustado.

—¿Cómo te llamas? —le pregunté.

—Walter Bauss —me contestó.

—¿Cuantos años tienes?

—Diecisiete.

—¿Diecisiete? —pregunté, incrédulo—. ¡Pero, si eres una criatura! ¿Qué haces aquí?

—Pagar por los crímenes de mi padre —dijo, mientras se acurrucaba y temblaba ligeramente. El desgraciado necesitaba hablar, vomitarlo todo, y después de lo que acabábamos de vivir juntos parecía que me había tomado afecto. No tuve que preguntar nada más, porque él comenzó a hablar—. Mi padre se llamaba Josef Bauss y era psiquiatra en Frankfurt...

De pronto me quedé helado. Seguí escuchando en silencio, mientras mi cerebro trabajaba a marchas forzadas. Josef Bauss, había dicho aquel joven. ¡Josef Bauss! El mismo nombre que Herbert y Kurt habían pronunciado en las dependencias de la Gestapo en Viena, cuando me torturaban. Y , de pronto, se hizo la luz en mi mente y vi tantas cosas... ¡Tantas!

Rudi me había dicho que gracias a él mi vida había cambiado. Sin embargo, no se imaginaba hasta qué punto. Porque la lista de alemanes que él encontró en la cartera que había robado y que entregó a la Gestapo, contenía el nombre de Josef Bauss, el famoso psiquiatra para quien él había trabajado. Y a partir de aquí detuvieron a mi suegro, y después a Ilse y a mí. Todo ligaba. ¡Ya lo creo! Sin embargo no lo había descubierto hasta entonces. ¿Cómo podía saberlo? El día que hablé con Rudi estábamos demasiado borrachos y él en ningún momento pronunció aquel nombre. Para él era aquel malparido o aquel hijo de puta del psiquiatra de Frankfurt. Pero, ahora, aquel joven lo vomitaba y con cada palabra la realidad se alzaba ante mí, más cruda y más cruel.

¿Cómo es posible que la vida sea un horror tan grande? El mismo hombre que, sin saberlo, me había condenado, también me había salvado la vida. ¡Ya lo creo que me la había cambiado! ¡En todos los aspectos!

Me quedé mudo y con unos ojos como platos. Aquel joven me miró. Quizás esperaba alguna frase de aliento, pero me había quedado sin palabras. ¡Dios mío! Dios mío...

¿Somos nosotros que dominamos nuestra vida o es la vida que nos domina y nos hace bailar como marionetas? Tras haber vivido todas esas experiencias, no sé qué contestar.

Walter cayó dos días después. Lo cazaron como a un conejo y lo cosieron a balazos. Murió tan inocente como había nacido y como había vivido. Atemorizado, virgen, víctima de las circunstancias y, como muchos de nosotros, ni siquiera debía de saber cómo había llegado hasta allí. ¡Pobre muchacho!

Los rusos no tan sólo atacaban Stalingrado, sino que descendían hacia el Sur, avanzaban lentamente y nos ahogaban. El día veintiocho de Diciembre de 1942 me encontraba con cinco hombres más. No los conocía, porque todos mis compañeros habían muerto y yo me había unido a un grupo que había ido disminuyendo hasta quedar reducido a cinco desgraciados. Nos habíamos escondido en un pueblo, de cuyo nombre no me acuerdo, porque había sido completamente borrado. De pronto apareció un tanque ruso y nos descubrió. Nos refugiamos entre las ruinas de una casa. El tanque avanzó hasta nosotros. Dos de mis compañeros intentaron escapar corriendo y los ametrallaron. Un tercero levantó las manos y se rindió. El otro le imitó y ambos se dirigieron hacia el tanque. Yo permanecí agazapado.

Hacía un frío horrible y todo aparecía cubierto de nieve. Cuando estaban cerca del tanque, aparecieron cinco soldados soviéticos y los desarmaron. Después les obligaron a tenderse sobre la nieve. Yo contemplaba la escena desde de mi escondrijo. Los soldados rusos dijeron algo que no entendí. Entonces el tanque se puso en movimiento y mis compañeros, los que se habían rendido, descubrieron demasiado tarde las intenciones del enemigo y, cuando intentaron levantarse, sus cuerpos estallaron como si fuesen granadas bajo las cadenas de aquel monstruo de hierro.

Me quedé quieto y en silencio. Milagrosamente no se dieron cuenta de mi presencia y, curiosamente, no me había asustado ni me había horrorizado ante aquella salvajada, porque hacía tanto tiempo que mis pupilas estaban habituadas a la contemplación de la muerte que unos cuantos cadáveres más ni me alteraban.

En aquel lugar sólo se distinguían dos colores: el blanco de la nieve y el rojo de la sangre.

Tres días después el general Von Paulus, ascendido a mariscal, se rendía. Ésas fueron las noticias que nuestros mandos intentaban escondernos, pero que los rumores extendían por toda Rusia. Casi cien mil soldados fueron hechos prisioneros, y veinticuatro generales. Un buen número de heridos murieron. Aquello eran los restos del glorioso ejército alemán, de la fuerza invencible que pretendía dominar el mundo.

Alguien nos contó que el espectáculo que nuestras tropas ofrecían, desarmadas y vencidas, toda una inmensa hilera de hombres que caminaban con paso lento, era verdaderamente penoso. Arrastraban con ellos muchas literas con cuerpos mutilados, en los que se echaban en falta brazos y piernas.

Yo escuchaba aquellas historias y pensaba en Ilse. ¡Dios mío! ¿Nunca se acabará el infierno? Un infierno en mitad de la nieve. El mismo que viví en Mauthausen, donde las heladas no impedían que el fuego de las tinieblas nos quemase a todos y que a mí me hacía dudar sobre si el diablo había que pintarlo junto a una hoguera o pisando un inmenso manto blanco manchado de sangre por todas partes.

Durante tres meses deambulamos por aquellos paisajes. Primero luchando contra los rusos, después perseguidos por su ejército y huyendo del fuego de su artillería. Nos habían dividido y nos trasladaban de un lado para otro para tapar agujeros, porque nosotros éramos carne de cañón, las primeras líneas. Teníamos que viajar a pie, porque ya empezábamos a padecer restricciones de combustible y nuestro ejército lo necesitaba para preparar la contraofensiva que todos mentaban, pero que no acababa de convertirse en realidad.

Muchos de mis compañeros murieron a causa del frío. Nuestras botas, durante aquel invierno, habían acabado maltrechas y rotas y habíamos tenido que protegernos como mejor podíamos. Los suministros no llegaban y fue un invierno largo y difícil, interminable. Finalmente apareció la primavera y conseguí botas nuevas y uniforme nuevo.

La guerra, tal como había dicho Hitler, en el mes de Febrero, era total y yo estaba harto de todo, agotado. No nos relevaban ni nos permitían descansar y ya no pensaba en nada que no fuese sobrevivir, correr como uno conejo y esconderme en cualquier madriguera. Todos los ratos en que no luchábamos me los pasaba sentado o tendido. Entonces me venía la imagen de Ilse y tenía la sensación de que ya hacía un siglo que nos habíamos separado. Pronto haría dos años. ¡Dos años eternos!

Allí las noticias también nos llegaban racionadas, para que no perdiésemos la moral, pero los rumores apuntaban que habíamos perdido África durante el mes de Mayo, noticia que pudimos confirmar pocos días después. Parecía como si Stalingrado se hubiese erigido en el inicio del declive y que la guerra había dado un giro importante, a pesar de que nuestros oficiales no dejaban de repetir que aquello formaba parte de una táctica bien mesurada y que se preparaba algo gordo que acabaría con todo el ejército soviético. ¡Hitler era dios! Y los dioses nunca se equivocan.

A comienzos del mes de Junio nos ordenaron dirigirnos al Sur. Ya nadie podía engañarnos. No hacíamos más que retroceder lentamente. A nosotros nos habían encomendado el penoso papel de proteger a los que huían más deprisa. Siempre en primera línea. O mejor dicho, en última línea, porque cuando huyes, el último es el primero, y el primero se convierte en el último. Dormíamos cuando podíamos, y por turnos, con el ruido ensordecedor de las bombas que estallaban a nuestro alrededor. Los rusos sabían muy bien lo que se llevaban entre manos. Por contra, yo no sabía ni dónde me hallaba. Sólo podía constatar que andábamos mucho, erráticos, sin un Norte. A veces, incluso creíamos que habíamos cruzado las líneas enemigas y que los teníamos detrás y al frente. El desconcierto en mi unidad era absoluto.

Sin embargo, hacía buen tiempo, y era de agradecer. Durante los meses fríos, a comienzos de año, cuando también retrocedíamos y nos dirigíamos a Tula, recuerdo que caminábamos en fila india y cuando uno de nosotros caía, teníamos que levantarle y arrastrarle. El que se quedaba atrás era hombre muerto. Caminábamos con las manos bajo los brazos, plegándonos sobre nosotros mismos para poder soportar el frío intenso que, llegada la noche, era insoportable. Mauthausen, si lo comparo con las tierras rusas, es un lugar de veraneo. A media mañana de ya no sé qué día, me hallaba al final de la larga hilera y dos de nuestros compañeros, que andaban a mi lado, hincaron las rodillas y quedaron bajo el viento como si rezasen. Todo era un inmenso manto blanco. Nevaba y no podías distinguir el cielo de la tierra. Un teniente se acercó y nos ordenó que les levantásemos. Lo intentamos, pero no respondían. Vino un capitán, les examinó y les dio por muertos. Allí les abandonamos, como una escultura, de rodillas, como si implorasen o pidiesen perdón. No podíamos perder tiempo, nos había dicho aquel capitán. No perdemos el tiempo, pensaba yo. Acabamos de tener dos bajas más y sin que el enemigo haya disparado una sola vez. Quizás nosotros mismos habíamos decidido acabar la guerra por nuestra cuenta, muriendo.

Con todos esos recuerdos caminaba bajo el calor del sol de finales de primavera del año 1943. Pronto sería verano y después llegaría un nuevo invierno, tanto o más frío que el anterior. ¿Cuántos podríamos sobrevivir? Andaba ensimismado con este pensamiento cuando escuché el primer disparo y vi caer a uno de mis compañeros.

Se trataba de un grupo de rusos. Nos estaban esperando y nos dispararon, escondidos desde detrás de unos árboles. Instantes después aquello se convirtió en otro infierno. Disparábamos sin mirar, por puro instinto, a pesar de que nuestro teniente nos indicaba hacia dónde teníamos que hacerlo.

De pronto oí una explosión y sentí un golpe seco en el pecho, que me derribó de espaldas. Tres compañeros habían caído a causa de la granada. Me llevé la mano al pecho y la retiré llena de sangre. Contemplé los cuerpos destrozados de mis compañeros.

—¡Ilse! —exclamé, antes de perder el mundo de vista.

El blanco y el rojo se habían acabado para mí.

12 - ROJO Y NEGRO

El sol lucía en el firmamento y los calles de Viena seguían tan animadas como yo las recordaba. La estación era la misma que descubrí el primer día, cuando Laura nos esperaba, a Ilse y a mí.

Me había apeado del tren. En esta ocasión había hecho el trayecto en tercera clase. Eran otros tiempo. En el bolsillo guardaba los documentos que me identificaban como Ludwig Jurgens, electricista de profesión, antiguo miembro de las SS, herido de guerra y dado de baja del servicio activo.

Caminé por la larga avenida, con la pequeña maleta donde guardaba todas mis exiguas pertenencias. Únicamente un suéter, las mudas y camisas, el neceser, otros pantalones y una chaqueta. No tenía nada más. Vestía de paisano y me había comprado un abrigo. Ya no pertenecía a las gloriosas fuerzas del III Reich.

Respiré el aire de Viena y llené el pulmón y medio que me quedaba. La metralla había reventado la otra mitad y durante días y días me trajinaron como si fuese un paquete, de hospital en hospital. Todos estaban llenos y, sin saber cómo, acabé en Berlín. Allí terminaron de curarme. O mejor dicho: intentaron arreglar el desaguisado que había hecho un carnicero en el campo de batalla, que me había operado y me había dejado un pedazo de metralla dentro. De manera que me operaron por segunda vez y consiguieron salvarme medio pulmón. Después de eso vino la rehabilitación y cuando ya estaba en condiciones para abandonar el hospital, me comunicaron que ya no era apto para el servicio. Así de claro.

Dos días más tarde entregué mi uniforme y me proporcionaron un traje de paisano que me iba bien. ¿A quién había pertenecido? ¡Vete a saber! Quizás era de un prisionero de algún campo de concentración, que ya no necesitaba aquellos lujos. El hecho es que me pagaron los meses atrasados y me concedieron una pensión, que ya empezaría a cobrar cuando fuese.

—¿Y qué puedo hacer yo ahora? —le había preguntado al cabo que me entregó la documentación.

—Te integras de nuevo a la vida civil. La guerra para ti se ha acabado.

—¿Y qué puedo hacer ahora? —insistí.

—Lo que te apetezca. Eres electricista, ¿verdad?

—Sí —le había dicho.

—Comunícanos tu dirección y te pagaremos la pensión.

Durante casi un mes deambulé por Berlín, intentando dar con el paradero de mis suegros. Y no fue fácil. Nadie sabía nada y yo no podía ir a según qué sitios, porque Günter Psarris había muerto y no podía resucitar.

Desesperado, decidí visitar a Frau Reitlinger. No la encontré. Había vendido la casa y se había marchado. El abogado Freitzhager tampoco estaba y me informaron que el animal de Weissler había ingresado en un sanatorio, porque había sufrido un ataque de apoplejía. ¡Ojalá reviente!, pensé. Y abandoné aquella casa con una dirección en el bolsillo, la que me había proporcionado la nueva propietaria, donde supuestamente vivía mi antigua patrona.

Podía haberme acercado al instituto y preguntar por Herr Voss, pero ya me había arriesgado demasiado y en el instituto me conocía demasiada gente. De manera que decidí visitar a Frau Reitlinger.

Me recibió su sobrina. Frau Reitlinger se había ido a vivir a casa de su hermana, a Frankfurt.

—Johannes Hulmmer y su esposa Inga fueron detenidos. A él lo colgaron —me explicó aquella mujer joven—. Lo sé porque mi tía se horrorizó al enterarse. Decía que era buena gente y no podía creérselo.

—¿Sabe algo de Inga Hulmmer? —le pregunté.

—No hemos vuelto a saber nunca más de ella. Alguien le contó a mi tía que la habían enviado a un campo de concentración.

Le di las gracias y me marché.

Finalmente, cansado de dar tumbos y de hacer preguntas y más preguntas, decidí que lo mejor era regresar a Viena y empezar la búsqueda de Ilse, porque era imposible seguir el rastro de Inga. De manera que tomé un tren y me apeé en la estación de Viena.

Confundido entre la gente, caminaba sin saber por dónde empezar. Tal vez por el que había sido nuestro hogar, reflexionaba. Pero, primero tenía que encontrar un lugar donde vivir y visité un par de pensiones. La segunda se me antojó adecuada. No era demasiado cara y podía permitírmela. Sólo esperaba que no se me agotase el dinero antes de encontrar un trabajo o de recibir la pensión del ejército. Todo cuanto poseía lo llevaba conmigo.

A la mañana siguiente me dirigí al Statpark. Allí permanecí largo rato, vigilando el portal del edificio donde Ilse y yo habíamos vivido durante más de uno año, antes de decidirme a entrar y preguntar a la mujer que limpiaba la escalera, que ya no era la misma.

—¿Ilse Psarris? —preguntó extrañada—. No vive aquí. No he oído nunca ese nombre.

Me marché y me dirigí a casa de Laura y Hans. También había cambiado de moradores. Me recibió una mujer, la criada de la esposa de un oficial de las SS. Tampoco sabía nada. ¡Dios mío! Dos años parecen una eternidad. ¡Todo había cambiado tanto!

Durante días me moví por el vecindario, hasta que di con un anciano que me informó.

—Hace más de un año que el capitán Hans Teschler se marchó. Casi dos —me dijo—. A Rusia. Su esposa también se marchó, con sus hijos, unos meses más tarde, cuando recibió la noticia de que su marido había muerto en combate.

—¿Y dónde fueron?

—No lo sé.

Descorazonado por las noticias, caminé perdido por las calles de Viena. Tenia la sensación de que mi cambio de nombre traía consigo la desaparición de todo mi pasado. Incluso podía preguntarme si de veras Günter Psarris había existido alguna vez, porque todo mi entorno había quedado borrado sin dejar el menor rastro.

¿Qué podía hacer? ¿Hacia dónde tenía que ir? ¿Quién podía ayudarme?

Entonces recordé la universidad y me vino a la memoria el rostro de Naumann, el viejo investigador que había sido mi maestro. Quizás él... Sí, él conocía a Laura, a Ilse y a Hans. ¿Seguiría viviendo en el mismo lugar?, me pregunté. Era arriesgado presentarme en su casa, porque me reconocería y tendría que explicarle demasiadas cosas, pero no me quedaba otra alternativa. Hasta entonces había procurado mantenerme en mi nueva identidad y nada había conseguido. Si quería encontrar a Ilse, tenía que jugármela.

Tuve suerte y el viejo profesor aún habitaba la misma casa. Por lo menos, él no se había mudado. Me abrió la puerta y se quedó mirándome con aquellas gafas que también eran las mismas y que le ajustaban más, porque había engordado más. Hasta que no hablé, no reaccionó.

—¡Dios del cielo! —exclamó cuando me reconoció—. Habría jurado que usted había muerto. Pase, por favor, entre y siéntese.

¿Tanto había cambiado yo?, me preguntaba. ¿Tanto puede cambiar a un hombre el sufrimiento? Y por el gesto que hacía, mirándome con sorpresa, así debía de ser.

Su esposa había muerto hacía unos meses y él se sentía muy solo, me dijo. Tanto como yo, pensé.

—Ha cambiado mucho —dijo, mientras me servía una copa de vino y me observaba de cerca—. Debe de haber sufrido —murmuró—. Y esas cicatrices... —añadió, señalando con su dedo índice. Me dio la impresión de que leía en mi interior.

—Más de lo que se puede imaginar —sonreí—. Pero teníamos pendiente una conversación y he pensado que era un buen momento para venir y charlar un rato.

—Sí, lo recuerdo —afirmó con tristeza—. Lo recuerdo —repitió—. Le dije que le contaría algunas cosas, porque usted quería saber si era cierto que me había retirado o si me lo habían sugerido.

—Así es. Pero, antes, quisiera saber si tiene alguna noticia de mi esposa o de mi hermana.

Respiró hondo y sopló. Después se quitó las gafas y las limpió con un pañuelo que sacó de su bolsillo.

—De su esposa no sé nada. De su hermana... —sopló de nuevo. Le costaba hablar—. Poco después de su detención, el capitán Hans Teschler fue destinado al frente ruso. Cinco meses más tarde me encontré por causalidad con su hermana Laura. Yo caminaba por la calle y la vi al otro lado. Crucé la calle y la abordé. La pobre estaba pálida y demacrada. No era la misma persona. Su aspecto era deplorable. Entonces me explicó que su marido había muerto en combate.

—¿Dónde puedo encontrarla?

—Verá... —se aclaró la garganta—. Yo sentí mucha pena por ella y la invité a comer. Primero se negó, pero insistí y finalmente aceptó. Tenía hambre. Me explicó que la habían separado de sus hijos, que habían sido reclamados por los padres del capitán Hans Teschler, que renegaron de ella y le pusieron una denuncia. Su hermana no tuvo nada que hacer. Los tribunales fallaron en contra de ella y lo perdió todo: hijos, casa y pensión, porque era hija de un inmigrante griego-polaco —se quedó un instante en silencio—. No se ofenda por favor, sólo le cuento los hechos. Yo no tengo nada en contra...

—No se preocupe —le corté—. Ya ve. Mi padre era polaco descendiente de griegos, pero a mí me han vestido con el uniforme de las SS, me han dado un fusil y me han dejado luchar por mi país. A mi padre, muchos años atrás, también le vistieron de soldado para defender Alemania. Cuando van mal dadas, no hacen distingos. Somos carne de cañón. Espero que algún día acabemos con esta locura y... —dejé la frase en el aire. ¿Y... qué? ¿Cómo había de continuar aquella frase? ¿Qué pasaría cuando todo hubiese concluido? ¿Y cómo acabaría? ¡Quién lo sabía!

—Los aliados avanzan por Italia, que ha capitulado. El ejército soviético ha tomado Orel, Belgorov y Jarkov. Dicen que ya son imparables y nos hallamos a las puertas de un nuevo invierno que puede ser peor que el anterior —dijo él—. Estamos perdiendo la guerra, a pesar de que Hitler sigue diciendo que no es más que un reagrupamiento de nuestras fuerzas.

Afirmé con la cabeza. En poco tiempo todo había cambiado y parecía que todos los ruegos, que habíamos formulado tantos y tantos en el campo de Mauthausen, podía convertirse en realidad. A un altísimo precio, evidentemente. Entonces, cambié de tema y regresé a Laura.

—Me decía que comió con ella...

—Sí —respondió él—. Me contó que no tenía a dónde ir. No traía ni una triste maleta. Le ofrecí que se viniese a vivir aquí, con Hedwig y conmigo, mientras no encontraba algo mejor. Tuve que insistir, porque ya sabe que su hermana era una mujer muy... —y se quedó buscando la palabra más justa.

—¿Qué quiere decir con eso de que era? —me puse en guardia.

—Parecía que la había convencido —siguió explicando, sin responder a mi pregunta—. Me disculpé un momento para ir al servicio y cuando regresé, ya no estaba.

Pagué la cuenta, salí deprisa a la calle y la busqué durante un rato. Finalmente descubrí que se había formado un grupo de gente alrededor de un camión —dudó unos instantes, antes de proseguir, y yo le azucé con la mirada —. Me acerqué y oí que alguien comentaba que una mujer se había echado bajo las ruedas de aquel vehículo. No pude verla, porque habían cubierto el cuerpo con una manta, pero vi un pedazo del abrigo. Era el de su hermana Laura, sin duda.

Me quedé mudo, sin reaccionar. Él se levantó, puso su mano sobre mi hombro y me dijo:

—Lo siento de veras. Siento mucho haberle comunicado esta triste noticia. Si puedo ayudarle de alguna forma...

—Ya me ha ayudado —respondí—. Alguien tenía que decírmelo y prefiero que haya sido usted, con su delicadeza, que no un funcionario que vomita más que habla —concluí con rabia.

—¿Desea quedarse un rato a solas? —me preguntó.

¡Qué gran hombre! Incluso tenía en cuenta el detalle de que los hombres no deseamos que nos vean llorar.

—No —negué—. Hace tiempo que perdí el don de llorar. Se me agotaron todas las lágrimas en Mauthausen.

—Mala cosa, amigo mío. Mala cosa —dijo—. El hombre ha sido creado tanto para la risa como por el llanto y malo es cuando pierde uno de los dos, porque significa que el odio ha anidado en su corazón.

—El odio también es un sentimiento y ayuda a vivir.

—Nada recomendable, porque destruye el objeto del odio y a quien odia.

—Pues a mí me ha mantenido con vida.

—Que el cuerpo siga en pie, que los pulmones respiren y que el corazón siga latiendo, no significa que usted continúe vivo. La vida es algo más que todo eso —negó con la cabeza—. Ya sé que escuchar estas palabras y aceptarlas, en las presentes circunstancias, no es fácil, pero le ruego que las medite y que intente comprender la locura que nos rodea. Yo también tengo cosas de qué arrepentirme e incluso horrorizarme.

—¿Usted? —le miré extrañado.

—La última vez que nos vimos quedó una pregunta sin respuesta. Ahora es el momento de contestarla —respiró hondo, se ajustó los lentes, y dijo—: Durante años trabajé en la universidad, investigando sobre gases. Nunca me había preguntado para qué servían mis experimentos. No era necesario. Simplemente me sentía orgulloso de mi labor en pro de la ciencia, hasta el día que descubrí la verdad. Yo, con mi trabajo, estaba contribuyendo a eliminar seres humanos, porque el resultado de mis experimentos, juntamente con los de otros investigadores, era aplicado en la destrucción de vidas humanas en las cámaras de gas.

—Pero usted, cuando lo supo, se retiró. ¿No es así?

—No —negó—. Aún trabajé un tiempo. No quería perder mi empleo ni mi posición y continué. Cerré los ojos y seguí adelante. Me engañé pensando que no era yo que aplicaba mal el resultado de mis investigaciones —se quedó callado durante unos instantes—. Fueron ellos, los que me retiraron. Y el día que me comunicaron que ya no les hacía falta, que ya le tenían a usted, me di cuenta de que mi egoísmo había sido el arma que ellos habían utilizado para obtener de mí unos servicios que ahora me horrorizan.

—Eso significa que yo también contribuí —apunté.

—Sólo que usted no lo sabía, y yo sí. Ésta es la diferencia —replicó, e hizo chascar la lengua—. Yo soy un criminal y usted no. Yo he matado a muchas personas inocentes que no podían ni defenderse y usted, si ha matado a alguien, ha sido en el campo de batalla. Los rusos contraatacan, Leningrado resiste todos los ataques alemanes desde hace más de dos años, los aliados han desembarcado en Italia, nos hemos retirado del Norte de África y la batalla de Inglaterra no resulta tan fácil. Tarde o temprano llegarán hasta aquí. Con un poco de suerte, yo ya no lo veré. Hedwig ya no está a mi lado y no hemos tenido hijos. De manera que no me queda nada en esta vida y no pido nada.

Me quedé callado. Podía haberle explicado que también había matado a una persona inocente, de la forma más salvaje que podía imaginar, pero guardé silencio. Ahora creo que debería habérselo dicho. Para él habría significado una gran ayuda, porque le vi tan abatido y tan triste...

—Si puedo ayudarle en algo... —se ofreció de nuevo.

—No creo. Ya ha hecho más que suficiente por mí.

—¿Cuándo fue la última vez que tuvo noticias de su esposa? —insistió. Era un hombre mayor, que había reflexionado largamente y que lo había perdido todo. Ahora sólo deseaba hacer el bien—. Deje que le eche una mano. Me sentiré mejor —me miró con una sonrisa.

Sí, para él representaría una forma de pagar su culpa. Lo vi enseguida.

—Cuando permanecía detenido por la Gestapo, supe que la habían trasladado a un hospital, después de propinarle una paliza y de torturarla hasta casi matarla. No sé ni qué hospital era.

—Seguramente la llevaron al hospital general —dijo, tras reflexionar durante unos momentos—. Tengo un buen amigo, que trabaja allí —se ofreció.

—No se enrede —negué con lentos movimientos—. Podría resultar peligroso. Oficialmente Günter Psarris ha muerto y yo ahora me llamo Ludwig Jurgens. Si me muevo demasiado y pregunto por Ilse, alguien podría acabar sospechando.

—Ese amigo mío es de absoluta confianza. Me debe grandes favores y hará cualquier cosa por mí. Redactaré una nota —dijo, se levantó y tomó papel y pluma—. Mi amigo se llama Walter Humlitz. Hágale llegar esta nota y le atenderá. Es un enfermero, ya mayor, y hace muchos años que trabaja en el hospital. Seguro que él sabe algo de su esposa.

Al día siguiente bien de mañana me dirigí al hospital general. Era un gran edificio de piedra, donde trabajaba mucha gente. Me indicaron que subiese al primer piso y solicitase por el encargado de la sección de oftalmología. Allí trabajaba Humlitz.

Todos andaban muy atareados, arriba y abajo. Los casos difíciles de soldados que podían quedarse ciegos los trataban allí. La gran Alemania victoriosa acabaría llena de lisiados, de pobres diablos que habíamos luchado para nada.

Finalmente apareció un hombre de unos cincuenta y cinco años. Era calvo, alto y con gafas.

—¿Walter Humlitz? —le pregunté.

—¿Quién pregunta por él? —me respondió con otra pregunta, mientras no dejaba de escudriñar mi rostro. Se veía a una legua que no tenía ni idea de quién era yo y que las cicatrices de mi cara no le hacían la menor gracia.

Le entregué la nota de Naumann, la leyó y su mirada cambió. Entonces me condujo hasta un pequeño despacho.

—Usted dirá en qué puedo servirle.

—Busco una mujer que posiblemente estuvo ingresada aquí.

—¿Parienta suya?

—Parienta lejana —mentí.

—Deme sus datos y procuraré echar una ojeada a los archivos.

Le proporcioné toda la información. Nombre, edad y día probable del ingreso. Digo probable porque durante mi estancia en la Gestapo perdí la noción del tiempo. Me dijo que regresara dos días después. Negué con energía e insistí y le rogué. Era muy urgente, le dije. Y era cierto, porque ya no podía esperar más. Hacía días y días que todo eran negativas y necesitaba una afirmación, aunque sólo fuese una.

—¿Es usted muy amigo de Naumann? —me preguntó.

—Él es un gran amigo mío —le contesté. Yo no sabía si lo era, de él. Pero él, de mí, sí. Se había portado como nadie, desde el día que le conocí.

—Venga mañana por la tarde, hacia las cuatro. Posiblemente ya sepa algo.

Regresé a la pensión en donde tenía alquilada una habitación. Naumann me había ofrecido su casa, pero yo me había negado porque no quería causarle el menor problema.

Descansé toda la tarde. Casi no cené y me tendí en la cama, pero no pude dormir. El tiempo transcurría lentamente, lentamente, lentamente... Tenía la mirada clavada en el techo y recordaba con absoluta claridad y precisión el día que me enceraron en el calabozo. También estaba oscuro, pero no había cama. Me levanté y me acerqué a la ventana. Desde que había estado en la Gestapo, no podía dormir con la ventana cerrada, si alguien no me acompañaba. En Mauthausen no había problema, porque la compañía no me faltaba. Al contrario: tenía que quitarme la gente de encima. Y en Rusia dormí muchas noches al raso o entre ruinas y allí no necesitaba abrir ninguna ventana, porque el aire ya entraba por el techo e incluso podía contemplar las estrellas.

La ventana de la habitación que había alquilado estaba abierta, pero el sueño no llegaba a mis ojos. Quizás porque aquella tranquilidad se me antojaba irreal.

Aquí, en los Pirineos, cuando me quedo solo en mi cabaña, la tranquilidad es total y es real. Aquí es el único lugar donde he podido dormir con la ventana cerrada.

A las cuatro, puntual como un reloj, trepé las escaleras del primer piso del hospital general, hasta la sala de oftalmología. Humlitz salió enseguida y me condujo de nuevo al pequeño despacho.

—He hallado la ficha —me dijo, y el corazón me dio un brinco. ¡Gracias Dios!, estuve a punto de gritar—. La trajeron dos hombres de la Gestapo. Según la ficha había padecido un aborto y sangraba demasiado. Si la hubiesen traído antes, habríamos podido hacer algo por ella, pero...

Juro por Dios que el mundo, ¡el mundo entero!, se me vino encima y tuve que apoyarme en la pared para no caerme.

—Era algo más que una simple parienta —me dijo Humlitz, mientras me ayudaba a sostenerme en pie. Y yo afirmé.

—¿Puedo echar una ojeada a la ficha? —le pedí.

—Si representaba algo muy importante para usted, preferiría que no lo hiciese —me respondió.

—Lo necesito.

—No se lo aconsejo —negó de nuevo.

—No se preocupe. Ya he visto tantas barbaridades que una más no me partirá el corazón, porque lo tengo como una piedra.

No sé ni cómo alcancé la calle ni cómo conseguí cruzarla. Únicamente sé que me descubrí sentado en un banco, completamente perdido y lejos de allí. Había caminado rato y rato, sin parar, sin saber ni por dónde andaba ni a dónde iba, sin ser consciente del tiempo ni de la distancia, completamente adormecido.

Dos años pensando que ella podía estar viva, que aún podía encontrarla. ¡Dos años! ¡Y ella había muerto! Todo aquel tiempo muerta, y yo había sobrevivido a Mauthausen, a todas las penalidades del mundo, a un largo invierno en Rusia y a una herida que me había arrancado medio pulmón, pensando en ella, con su imagen viva y presente en todo momento, porque si hubiese sabido que ella ya no existía, que nunca más volvería a verla, no habría soportado todo lo que tuve que suportar ni habría hecho todo lo que me sentí obligado a hacer.

Si la hubiesen traído antes, me había dicho Humlitz. Si la hubiesen traído antes...

¡Malditos hijos de puta! La torturaron como animales, la vejaron hasta extremos impensables, la destrozaron y la mataron a golpes, porque el informe era muy claro y detallado. Me costó convencer a Humlitz, que no dejaba de advertirme que era mejor saber sólo que estaba muerta, pero no cejé hasta que lo conseguí. Y él tenía razón. Habría sido mucho mejor no leer aquel maldito informe.

Un informe muy completo. ¡Ya lo creo! Con una fotografía de su cuerpo desnudo y lleno de cardenales, de quemaduras y de llagas; y otra fotografía de su rostro, aquél que yo había acariciado con tanta dulzura y que ahora me resultaba difícil reconocer, porque todo entero era una hinchazón.

Había cerrado la carpeta y se la había devuelto, a Humlitz.

—¿Quién era en verdad? —me había preguntado.

—Mi esposa —le había contestado. No tenía ni ganas de mentir.

—¡Santos del cielo! —exclamó él, y yo estuve a punto de caerme al suelo—. ¿Puedo hacer algo más por usted?

—No —negué lentamente—. Ya lo ha hecho todo. Gracias.

Y Naumann decía que el odio no es bueno, que debía tratar de comprender lo que estaba sucediendo...

¿Cómo podía comprender un crimen como aquél?

Perdido por las calles de Viena, mi cerebro dibujaba imágenes horripilantes, en las que se aparecían dos únicos colores: el rojo de la sangre de Ilse y el negro intense de mi odio hacia sus verdugos.

¡Pobre Ilse! Recordaba mi paso por la Gestapo e intentaba apartar aquellas escenas que yo mismo estaba construyendo en mi imaginación, pero no podía, no podía, no podía... Las fotografías eran bastante claras y más que evidentes. Los muy animales hicieron con ella cuanto se les antojó, y más.

Me descubrí sentado en aquel banco y contemplé mis manos. Las palmas eran blancas, no tanto como la nieve, pero eran blancas. No obstante, estaban manchadas de rojo, del rojo de la sangre que había derramado cuando golpeé la cabeza de aquel pobre hombre judío, hasta hundirle el cráneo.

Blanco y rojo, rojo y negro. Nieve y sangre, sangre y odio. Odio hacia ellos y hacia mí. ¡Odio hacia todo el mundo!

13 - ÚLTIMOS DÍAS DE VIENA

Me pasé tres días enteros prácticamente encerrado en mi habitación. La mujer que regentaba la pensión me preguntó si estaba enfermo. Le respondí que no me sentía bien y se ofreció para buscar un médico. Le contesté que se trataba de un simple resfriado y que ya pasaría. Era una buena mujer que había perdido a sus dos hijos en la guerra y desde que se había enterado que yo acababa de regresar del frente ruso, con una herida en el cuerpo y muchas en el alma, me trataba con cierta deferencia. Siempre me preguntaba si la comida había sido de mi gusto, si estaba contento, si la habitación era cómoda y una infinidad de detalles que hicieron agradable mi estancia.

¿Valía la pena seguir viviendo?, me pregunté en mi soledad, tendido en la cama, con la cortina echada, a oscuras, con los ojos húmedos y el corazón hecho trizas. ¿Valía la pena vivir, haber vivido? Y la imagen de aquel pobre hombre, de aquel judío con cara asustada, se me aparecía a cada instante. Yo era uno asesino. Me habían utilizado de la misma forma que se hace con una herramienta y me habían arrojado a la basura cuando ya no les era útil. Éste era el III Reich. Rudi me había proporcionado otra vida, otra identidad y una segunda oportunidad, pero no podía volver a trabajar como físico ni como investigador ni como profesor, porque ya no tenía ningún título. Únicamente podía trabajar de electricista, y no sabía. Tenía los conocimientos adquiridos en la universidad, pero ninguna experiencia, porque nunca apliqué aquella rama de mis estudios. Si he de ser sincero, ni la recordaba. Incluso este aspecto de mi pasado había muerto y mucho me temía que estaba enterrado. ¿Trabajar..? ¿Para qué? ¿Para ir tirando? ¿Para seguir vivo? ¡No! Sin ella, sin nada, la vida no tenía el menor sentido.

El cuarto día salí a caminar un rato. No es que me sintiera mejor, pero algo tenía que hacer. ¿Quizás buscar trabajo? No lo sabía. Algo tenía que hacer. Sí, algo tenía que hacer.

Estuve deambulando por las calles de Viena. Sin darme cuenta, no hacía otra cosa que recorrer todos aquellos lugares que había visitado en compañía de Ilse. Y me torturaba. Pronto sería Navidad. Me detenía frente a los aparadores de los comercios y me quedaba contemplando cosas, boquiabierto, como un idiota. No sabría decir con exactitud qué es lo que miraba. Quizás deseaba escuchar una voz detrás de mí, volverme y encontrarme con ella. Como si no hubiese sucedido nada, como si aquellos dos largos años no hubieran existido, como si todo no fuese otra cosa que una pesadilla de la que iba a despertar. Sin embargo, los milagros no existen y la realidad es la realidad. ¡Dura e implacable!

De pronto, sin saber cómo, me descubrí en el interior de una tienda, con una dependienta frente a mí que me mostraba una pequeña caja con incrustaciones de marfil.

—La puede utilizar como joyero —me explicaba aquella muchacha.

Como joyero... Sonreía yo. Y la tocaba e imaginaba que ella abriría el regalo y se echaría a mis brazos para besarme y darme las gracias, porque a ella aquellas pequeñas cajas le encantaban.

—Sí. Creo que le agradará —respondí con una sonrisa.

—Se la envolveré para regalo —me dijo con el gesto de la vendedora que sabe que ha complacido al cliente.

Abandoné la tienda con el paquete en las manos y me dejé engullir de nuevo por las calles, permitiendo que la corriente me condujese hacia donde ella quisiera.

¡Dios mío! ¿Pero, qué había hecho?, me pregunté sentado en un café, el mismo donde conocí a Rudi Hassestein. ¿Cómo había llegado hasta allí? No lo sé. Me sentía inmerso en una nebulosa gris, propia de un sueño.

El camarero era el mismo, pero no me reconoció. El decorado no había cambiado. Yo, sí. Y me había sentado a la misma mesa. Había depositado el paquete junto a mí y había encargado dos cafés. El camarero me había preguntado si esperaba a alguien y yo le había contestado que sí, y después que no. Y después que no... ¿A quién podía esperar, si ya no me quedaba nadie?

Pagué y salí. Ni siquiera había probado el café. Me adentré en un parque que había cerca de allí. Estuve andando sin rumbo fijo y acabé por arrojar el paquete a una papelera. Mi ilusión había durado muy poco.

Aquel día no comí. Paseé por delante de una iglesia, sentí la tentación de entrar, pero no pude y seguí andando y andando. A media tarde me encontré frente al edificio de la Gestapo, el lugar donde la mataron, y allí me detuve.

De pronto, alguien pasó por mi lado y se dirigió hacia la puerta. El corazón me dio un vuelco. Sólo le había visto de espaldas, pero en mi memoria seguía bien presente el color casi albino de aquellos cabellos. ¡Era Herbert! Y la sangre se me agolpó en la cabeza.

Cerca de allí había un restaurante. Entré y ocupé una mesa junto al ventanal, con otro café delante de mí. Aguardé por espacio de dos horas. Pensaba en aquel puerco, el malparido hijo de puta que me apaleó día tras día, a cada minuto, el mismo cabrón que se reía mientras me informaba de que habían trasladado a Ilse al hospital, porque a otro hijo de puta tan grande como él se le había ido la mano. Pedí la cena y alargué el tiempo hasta que oscureció. Tarde o temprano aparecería aquel animal. Pero no fue así.

Aquella noche tampoco dormí demasiado. Al día siguiente, bien temprano, regresé al mismo lugar. No entré en el restaurante. Aún no estaba abierto. Permanecí agazapado en el portal de una casa deshabitada, procurando que nadie me viese. Hacia las nueve le vi llegar. Seguí allí durante toda la mañana, pensando en todo lo que le haría, en cómo le mataría. Tenía que ser lentamente, muy lentamente, para que él fuese consciente de lo que significa padecer y sufrir.

Hacia el mediodía apareció de nuevo y se dirigió al restaurante. Yo también entré y comí cerca de él. No me reconoció. ¿Cómo iba a reconocerme, si a Naumann ya le había costado lo suyo? Descubrí que el camero le trataba con familiaridad. Era un cliente habitual, de los muchos que llenaban el comedor y que seguramente eran compañeros suyos. Por lo tanto, no era el lugar más adecuado por hacer lo que mi mente ya había comenzado a planear.

Dio buena cuenta de su comida, pagó y se dirigió de nuevo a las dependencias de la Gestapo. Yo también pagué y regresé al portal de la casa deshabitada.

Hacia las ocho y media, ya anochecido, apareció por la puerta y bajó la escalera. Se detuvo un instante para prender un cigarrillo y enfiló hacia el fondo de la calle. Le seguí. Se adentró en un callejón y cruzó un patio interior. Después entró en otro callejón y salió a una avenida. Cuando llegué a la esquina, tuve el tiempo justo para contemplar cómo desaparecía por un portal. Aquél era su hogar.

Entonces desanduve las pasos y observé el callejón. Era estrecho y oscuro. A mano izquierda había un garaje. La puerta estaba medio rota. Seguramente estaba abandonado y los niños lo utilizaban para sus juegos, porque habían hecho un agujero en la parte baja, por donde seguramente se colaban. Me agaché e intenté atisbar el interior. Prendí una cerilla y descubrí que estaba lleno de cajas y maderas viejas. No me había equivocado. Aquél era un buen lugar.

Debían de ser las ocho de la mañana cuando llegué a la taberna que había cerca del callejón. Encargué un café, pan y mantequilla. El hombre que había al otro lado de la barra me miró sin demasiado interés. De manera que escogí una mesa y me senté.

Llevaba conmigo la navaja de afeitar, la cuerda y el esparadrapo en un bolsillo. En el otro me había guardado el pañuelo y al cinto llevaba la porra que me había fabricado con un pedazo de la pata de una cama que había encontrado en la basura. Lástima que no me habían permitido conservar la Luger P.08 que me había regalado Archspiegel, en recuerdo del día que ingresé de pleno derecho en el ejército de los asesinos. ¡Sí, lástima!, Ya tenía experiencia en manejarla sin hacer ruido.

«Así recordarás con orgullo este momento de tu vida», me había dicho aquella bestia de teniente en forma humana, mientras yo tenía delante de mí, tendido y muerto, el cuerpo del infortunado judío a quien arranqué la vida para poder salvar la mía y encontrar a Ilse.

Ellos me obligaron a hacerlo, pero la decisión final fue mía. No puedo negarlo. Y nunca lo haré.

El hombre de detrás de la barra vino hasta mí y depositó sobre la mesa todo lo que le había pedido. Removí pacientemente el café, para diluir el azúcar. La venganza es un plato que hay que saborear frío. De manera que me había sentado cerca del ventanal y esperaba la aparición de quien ya sabía. Por primera vez me sentía un verdadero asesino y he de añadir que también sentí placer. Tampoco lo negaré. Rudi tenía razón. Pon a un hombre en las circunstancias adecuadas y verás el resultado.

A las ocho y veinte pagué. Y cinco minutos antes de la media, tal como había previsto, se abrió la puerta del edificio que yo vigilaba y apareció Herbert, como cada mañana. Seguía siendo el mismo. No había duda. Vi como el dueño de aquel cabello rubio claro, clarísimo, casi albino, se dirigía hacia donde yo estaba.

Herbert, el gran Herbert de mirada dura, a quien nadie se le resistía, con quien todos acababan hablando, estaba allí, a unos pasos de mí. Caminaba seguro de sí mismo. Yo le contemplaba y sonreía pensando que parecía que nunca hubiese roto un plato en toda su vida.

Calculé el tiempo con exquisita precisión, como cuando investigaba en la universidad. Me levanté y abandoné la taberna para dirigirme hacia él y alcanzar la boca del callejón en el preciso instante en que él entraría. Cuando ya estábamos cerca, el uno del otro, me miró, y yo le miré durante un instante. No me reconoció, evidentemente. Si me hubiese reconocido, se habría asustado, habría echado mano a su arma y me habría matado allí mismo. Sonreí para mis adentros. No había llegado hasta allí sólo para matarle, sin más. No le había seguido desde las dependencias de la Gestapo hasta su casa, y viceversa, durante días, sólo para mirarle. ¡Qué alegría, cuando descubrí que seguía trabajando en el mismo lugar! A su compañero Kurt no le había visto, en aquellos días. Pero, de hecho, con él ya tenía suficiente para vengarme, para sacarme encima toda la rabia y todo el odio que había ido acumulando.

Herbert era un hombre metódico y ordenado. Eso ya había podido comprobarlo mientras me apaleaba y me torturaba. Es curioso todo lo que llegas a descubrir sobre tu torturador. Sí, es muy curioso. Se establece un extraño vínculo casi afectivo, porque el contacto es muy estrecho, y puedes afirmar si es casado o no, qué le agrada, qué piensa y cómo vive. Y con Herbert, había acertado de pleno. Era soltero, posiblemente no tenía compañera y en la cama debía ser un desastre. Creo que necesitaba torturar para sentir placer.

Alcanzamos la boca del callejón al mismo tiempo, él entró y yo detrás. Se volvió y ya no tuvo tiempo para nada más, porque le propiné un golpe en la cabeza y cayó medio desvanecido. Entonces le embutí todo el pañuelo en la boca, le puse boca abajo y le até las manos. Todo con una rapidez increíble. Me agaché, entré por el agujero de la puerta del garaje, y le arrastré dentro, donde rematé la faena cubriéndole la boca con esparadrapo. Ahora ya no podría decir nada de nada.

El malparido aún estaba medio idiota a causa del porrazo. Busqué la cuerda que había escondido el día anterior, que era más larga y resistente, y la hice pasar por encima de una biga, tal como había visto que hacían en Mauthausen, con los brazos hacia atrás y hacia arriba.

Acabó de despabilarse justo cuando tiraba de la corda y oí sus gemidos de dolor. Seguí tirando hasta que sus pies no tocaban el suelo. Entonces até el extremo y le dejé balanceando.

Sus ojos claros lloraban de dolor. Saqué la navaja barbera, le agarré por los cabellos y encaré su rostro al mío.

—¿Te acuerdas de mí? —le pregunté con una sonrisa.

Él, desesperado y lleno de pánico, negó con fuertes movimientos de cabeza.

—Soy uno de tus... invitados —le dije.

Me miró sin comprender nada. Mi cara no le sonaba, en absoluto. Seguro que, si le hubiese descubierto la boca, aún me habría dicho algo así: ¿Cómo quieres que me acuerde de todos?

—Mi nombre es Günter Psarris, para servirte —sonreí—. Yerno de Johannes Hulmmer —le anuncié, pero él seguía sin saber de qué le hablaba.

Entonces, me así a sus hombros y descargué en ellos todo el peso de mi cuerpo, hasta que uno sonido espeluznante, que para mí no representaba ninguna novedad, y para él seguramente tampoco, nos indicó a ambos que se le acababa de dislocar una clavícula. Me parece que fue la izquierda, porque se quedó torcido, como uno saco con el peso mal repartido.

Lo explico y lo veo como si fuese ahora mismo, como si le tuviese aquí delante, colgado por las muñecas, y sé que en aquel instante yo no sentía nada de nada, excepto frialdad, una frialdad absoluta y glacial, y odio, un odio inmenso. No tenía frente a mí a una persona, sino a un animal, porque eso es lo que él era para mí: una bestia a la que había de despellejar.

—Cuñado del capitán Hans Teschler de las gloriosas SS —sonreí de nuevo, y me colgué del otro hombro, hasta que oí que se quebraba.

El desgraciado quería gritar y se ahogaba con el pañuelo. Ahora ya me miró diferente: horrorizado, porque ahora ya le sonaba uno de los nombres.

—Hermano de Laura Teschler —añadí, y me colgué de sus piernas y di un salto para que el tirón fuese mayor.

Nunca más volvería a torturar a nadie. ¡No! Porque tanto él como yo sabíamos que de allí no saldría con vida. Estuvo a punto de tragarse el pañuelo, pero yo no podía permitírselo, porque faltaba el anuncio final.

Lo agarré por el pelo y le obligué a mirarme a los ojos. Empuñé la navaja y se la mostré. Sus ojos eran los de un pobre loco. No se atrevía ni a imaginar lo que le aguardaba.

—Esposo de Ilse Psarris —dije, lentamente—. Y padre de la criatura que llevaba en su vientre y que vosotros le arrancasteis a puntapiés y a puñetazos.

Eché su cabeza hacia atrás y descubrí su cuello. Únicamente una pasada y todo concluiría. Sin embargo, quería hacerlo despacio, y dejar que se desangrase como un cerdo y que se ahogara con su propia sangre.

¿Verdad que era sencillo? Únicamente un pequeño movimiento y le habría abierto la garganta. Una vez ya eres un asesino, ¡qué más da otro cadáver!

Pero en aquel preciso instante, cuando bastaba un movimiento para acabar, me di cuenta de que la mano me temblaba y no me obedecía. Deseaba hacerlo. ¡Evidentemente! No obstante, dudaba, y dudaba, y dudaba, mientras mi mano seguía temblando.

De pronto un ruido me alertó. Alguien abría la puerta del garaje. ¿Cómo era posible, si parecía abandonado?

—¿Qué hace usted aquí? —oí una voz a mis espaldas.

No tuve tiempo para nada más que empujar al hombre que acababa de aparecer y echar a correr como alma que se lleva el diablo en dirección al patio, lo crucé y seguí corriendo y corriendo por las calles, hasta que me di cuenta de que estaba llamando la atención. Entonces eché andar con normalidad, a pesar de que mi corazón parecía un potro desbocado y mi respiración me delataba, porque tenía que abrir la boca para poder llenar el pulmón y medio que me quedaba. Poco a poco me rehice y pude reflexionar.

¡Mierda! ¡No le había matado! ¿Por qué? Y ahora él sabía que yo estaba vivo. Tenía que pensar con rapidez. No tardarían demasiado en perseguirme y en buscarme por toda Viena. Llevaba conmigo todo mi dinero, porque nunca lo dejaba en la pensión. Lo único que podía hacer era huir de allí. ¿Hacia dónde? Ni lo sabía. Sólo sabía que Viena se había acabado para mí.

Me dirigí a la estación. Observaba a la gente y tenía la sensación de que todos me miraban. Pasé por delante de dos SS y agaché la cabeza. Allí compré un billete para el primer tren. Se dirigía al Oeste, hacia Salzburgo. ¡Me era igual!

Y una hora después, sentado en un vagón de tercera, abandoné mi pasado.

14 - El FINAL DEL CAMINO

—Guimu, Guimu... —oí que pronunciaba aquella voz lejana que parecía surgir de las profundidades de mi sueño.

Abrí los ojos y sentí el calor del fuego en la cara, mientras la manta me cubría el cuerpo y aquel hombre me miraba con interés. Era moreno, con la piel cuarteada, llena de líneas que el sol había dibujado a lo largo de los años. Hablaba una lengua extraña, que no fui capaz de identificar. Me hacía preguntas, que yo no era capaz de entender ni de responder. Entonces, me señaló con el dedo índice y dijo:

—Guimu.

Comprendí que él se imaginaba que éste era mi nombre, porque después se señalaba él mismo y me decía:

—Paco —Afirmaba con la cabeza. Después señalaba un perro pastor, peludo, que permanecía echado un par de metros más allá, en la puerta de la cabaña—. Crac —me dijo.

—Crac —contesté. Era el perro, sonreí para darle a entender que le había comprendido—. Paco —le señalé, a él —. Paco —repetí.

—Guimu —me señaló.

—Guimu —dije yo.

¡Menuda conversación! Guimu. No estaba mal. Lo último que recordaba es que caminaba por aquellas montañas, que nevaba, que hacía uno frío horroroso y que yo no dejaba de repetir Guimu, Guimu, Guimu... y seguía andando, hasta que todo se oscureció y el mundo dejó de existir. Seguramente, cuando me encontró, yo aún debía de recitar: Guimu, Guimu, Guimu...

Paco me dio queso y pan. Nos encontrábamos dentro de una cabaña. Me rehice un poco y los pensamientos tomaron forma por ellos mismos. Ni recordaba el tiempo que hacía que había abandonado Viena. Aún debían de andar buscándome. Conseguí alcanzar la frontera helvética, pero era imposible atravesarla. Demasiada vigilancia. Llevaba días y días por aquellos parajes, por los Alpes. Había robado en las granjas para poder sobrevivir y estoy convencido de que constituyó un verdadero prodigio, porque, a pesar de que me falta medio pulmón, fui capaz de aguantar la larga caminata. No era por casualidad que había recibido un gran entrenamiento. Primero en Mauthausen y después en Rusia. Y mi cuerpo se había acostumbrado al dolor, que ya formaba parte de mí, como si representase una característica que me era propia.

Estuve huyendo hacia el Oeste y busqué con afán un punto por donde cruzar la frontera, pero no pude hallarlo y acabé en territorio francés. Aquello aún fue peor, porque mi francés, además de limitado, era horrible, terriblemente gutural y, por tanto, no podía engañar a nadie, porque no hablaba otra cosa que no fuese alemán, un poco de polaco, palabras de griego y alguna expresión en ruso. La pregunta inmediata para cualquiera era qué hacía yo allí, y me miraban con recelo.

Tuve que salir huyendo de más de uno pueblo y seguí andando hacia el Sur, en busca del calor. Sin embargo, cada vez hacía más frío. Yo era de ninguna parte, no pertenecía a ningún lugar en concreto y no me dirigía hacia ningún punto en particular. No sabía nada de la guerra, no tenía ni idea de si los aliados continuaban atacando Italia o si habían tenido que retirarse, si los rusos avanzaban o si toda aquella contraofensiva era una flor de verano. Para mí la guerra había concluido y quedaba muy lejos. Frente a mí se alzaban unas montañas altas y estaba convencido que detrás hallaría la paz.

No maté a Herbert. No, no le maté. No pude hacerlo. Eso es lo que sucedió: que no pude. Si no hubiese pronunciado el nombre de Ilse, seguro que le corto el cuello, pero su imagen trajo otras a mi mente, que arrancaron de lo más profundo de mi corazón. El único instante en que dejé de pensar en ella fue cuando me dirigía hacia el pobre judío con la Luger en la mano. Y aparté cualquier imagen que me la recordase, porque estoy convencido de que, si llego a pensar en ella, quizás habría sucedido lo mismo que con Herbert y entonces no le habría matado y no habría conseguido salir de aquel infierno. La única disculpa que tengo, y tampoco sirve para tapar mi crimen, es que yo no sabía que ella había muerto.

No maté a Herbert, porque entonces, en un instante, en un estallido de luz, descubrí la realidad de este mundo. Ésta fue la verdadera razón para no cortarle el cuello. En aquel preciso instante me di cuenta de que la venganza es una larga cadena que nos mantiene prisioneros. A causa del odio y el afán de venganza de Hitler murieron millones de personas; a causa de aquel afán de venganza yo era un asesino, y una vida de todos aquellos millones me correspondía a mí, únicamente a mí; y por el afán de venganza de Rudi, que odiaba al psiquiatra Josef Bauss, murieron Ilse, y mis suegros, y el pobre Walter. Y después, curiosamente, Rudi me salvó. ¿Cómo podía odiarle, si él no era consciente de nada de lo que había sucedido? ¿Cuanta gente ha de morir por nuestro afán de venganza? Ésta era la pregunta. Si yo mataba a Herbert, ¿cuantos más morirían? ¿Cuantas Ilse, cuantos Johannes, cuantas Inga y cuantos muchachos jóvenes e inocentes como el pobre Walter? Naumann tenía razón: el odio y la venganza no son buenos consejeros, porque las consecuencias pueden ser imprevisibles y pueden afectar las vidas de mucha gente inocente. ¿No es eso lo que había sucedido con Rudi? Una decisión tomada por él había cambiado muchas vidas. ¡Demasiadas vidas! Por tanto, alguien tenía que ser el primero en romper la larga cadena y liberarse. Y yo la rompí y huí.

Los días siguientes a mi llegada a los Pirineos, en la vertiente española, en el país catalán, recuperé las fuerzas y recuerdo que acabé sentado en la iglesia, en la pequeña capilla de Martinet.

No había nadie, excepto Dios y yo. Por primera vez en todo aquel tiempo, Él y yo, cara a cara. ¡Tarde o temprano teníamos que encontrarnos!

Allí, en la penumbra cálida y rebosante de paz, me pregunté cuáles son los parámetros más correctos para medir la estupidez humana. Y la verdad es que la respuesta no es simple. Resulta evidente que hemos aprendido del pasado, pero aún resulta más evidente que hemos aprendido a destruirnos cada vez mejor, con mayor pasión y con mejores técnicas. ¡Lástima que no hemos aprendido, paralelamente, a convivir! Y yo, lo único que deseaba, desde del primer día de mi existencia, era vivir en paz, poder construir un hogar, ver cómo nuestros hijos crecían y se convertían en hombres y mujeres, cómo todos juntos nos ayudábamos y convivíamos. Y la realidad ha sido tan distinta...

Hemos dibujado líneas sobre el papel, que son mapas, y hemos dicho que son fronteras. Mi abuelo era griego, mi padre polaco y yo alemán. Mi hijo, si hubiese nacido, sería austriaco y yo, ahora, estoy viviendo en un pueblo catalán de los Pirineos. ¿A qué fronteras pertenezco? He sido prisionero de los alemanes y de los austriacos, he luchado en las filas del ejército alemán, he convivido con polacos, checoslovacos, rusos, húngaros, españoles, franceses... ¿De dónde soy yo? ¿Soy de algún lugar en concreto? ¿Soy el eterno emigrante? ¿Por qué, si he nacido en este mundo?

Günter Psarris ha muerto. Y con él desaparecieron todas mis ilusiones, mis esperances y un futuro que había dibujado con amor. Ludwig Jurgens también ha muerto. ¿Y yo...?

He recorrido media Europa con un fusil en la mano. ¿Qué hacía?, me pregunto. ¿Por qué luchaba? ¿O para quién luchaba? ¿O con quién luchaba? ¿O a quién obedecía? ¡Qué más da!

Me siento apátrida y ciudadano del mundo, todo a un mismo tiempo. Me siento de aquí y de allá, y de ningún lugar. También todo al mismo tiempo. Contemplo una bandera y no veo colores, sino tristeza, porque descubro el fanatismo que puede esconderse tras unas franjas o unas líneas o un símbolo que tomamos por eterno y por la verdad absoluta. ¿Tanto cuesta respetarnos unos a otros? ¿Tan difícil es mirar a los demás y ver sólo seres humanos?

En estos años que he pasado aquí, en un país que también ha padecido una guerra terriblemente cruel, he aprendido que en lugar de abrirnos, nos encerramos, construimos fronteras artificiales y no nos damos cuenta de que cada vez que dibujamos una nueva línea sobre un mapa somos más y más pequeños.

Rudi decía que la codicia es la suma de tiempo y de miedo. ¿Y qué es cualquier defecto, sino lo mismo? ¿No es la violencia la suma de tiempo y de temor? Cuanto más violentos nos volvemos, más miedo tenemos. Aquí, en estas tierras, hay paz. Paco no necesita decirme nada para ofrecerme toda su ayuda. Ya no sé si podría volver a vivir en una ciudad, a pesar de que cuando bajo a Martinet la gente es amable conmigo. Guimu, me llaman. Y yo respondo. Guimu el pastor. Guimu el buen hombre. Me pregunto si pensarían lo mismo y si me tratarían igual, si conociesen mi pasado y supieran que tengo las manos manchadas de sangre. Entonces, tal vez, me mirarían horrorizados y huirían de mi lado. Aquí arriba el tiempo ha dejado de existir. Por eso tengo paz.

En los primeros tiempos de estada en estos valles, cuando iniciaba mi singladura a lo largo del pasado, llegué a maldecir a todo aquél que toma una bandera y la eleva a la categoría de símbolo sagrado, guarda y custodio de valores que, en muchas ocasiones, no son otra cosa que humo, mentiras que sirven para que algunos obtengan el poder.

Sí. Maldije a quien obliga a otra persona a tomar las armas bajo el pretexto de defender una nación, cuando sólo busca la preservación de sus intereses particulares. Y ahora me dan pena, porque son seres cargados de miedo o mentes averiadas que pretenden crear un mundo a su medida, porque no son capaces de luchar para comprender y para ayudar a construir. Ven en la destrucción el germen de un nuevo tiempo. Su tiempo.

Maldije todas las ideologías que persiguen convertir a la gente en un rebaño y fanatizarlas con el único propósito de hacerse con el poder y dominar y doblegar e intentar elevarse por encima de los demás, cuando resulta que todos somos iguales.

¿Qué diferencia hay entre un berlinés del Este y uno del Oeste?, me pregunto ahora. Muchos de ellos, incluso son parientes. ¿Tanta es la distancia que separa Soprón en Hungría de Eisendstat en Austria? Yo diría que por más fronteras que haya, siguen siendo veinte kilómetros. ¿Y no sucede otro tanto con Niza en Francia y San Remo en Italia, o Irún en España y Saint Jean de Luz en territorio galo, o Petric en Bulgaria y Serrai en Grecia, o Imatra en Finlandia y Vyborg en Rusia, o...?

¿Cuantos más ejemplos se necesitan para descubrir la estupidez humana?

Maldije todos los sentimientos racistas y las estúpidas ilusiones que dan pie a creer a alguien que se halla por encima de los demás, sólo porque disponemos de un color diferente de piel, del cabello, de los ojos, o tenemos una estatura distinta o una supuesta inteligencia superior o cualquier detalle absurdo. Intentar eliminar una raza es manifestar nuestra debilidad, porque matamos por miedo. El asesino siempre es el más débil, a pesar de que sigue vivo y la víctima muere, pero su muerte no es nuestra conquista, sino nuestra derrota.

También maldije a todos aquellos que se mantienen separados por causa de una lengua, porque en el mundo de las ideas, si hay buena voluntad, no existen fronteras lingüísticas. Esta gente que me ha acogido es la prueba más evidente.

Maldije mil cosas más e incluso me maldije yo mismo, por haber nacido, porque no fui capaz de morir con dignidad y porque maté a quien menos lo merecía, si es que puedo erigirme en juez de alguna acción. Me recuerdo con aquella Luger en la mano y me veo cagado de miedo. Un gran cobarde. Y eso que yo le maté, pero él era mucho más fuerte que yo, porque en el último instante tuve que cerrar los ojos, mientras que él seguía mirándome. Sí, me miraba y me preguntaba: ¿por qué? Y yo carecía de respuesta. No podía tenerla. ¿Como podía decirle: lo hago porque tengo miedo, porque soy un cobarde y porque...?

Y me maldije mil veces, durante días y días, meses y años, hasta que descubrí que por aquel camino moriría maldiciendo y odiando, cuando tendría que morir dando gracias por haber vivido, por haber aprendido y por haber sido perdonado, a pesar de que no hice lo que debía haber hecho.

Entonces fui consciente de que seguía vivo y que dentro de mí, a pesar de todas las desgracias y de todas las pérdidas, había vivido momentos de verdadera felicidad y que valía la pena haber vivido sólo para haber conocido y haber amado a Ilse. Un sólo instante de felicidad ya es una eternidad. Y todo mi odio acumulado durante años, y todo el fuego que quemaba mis entrañas, desapareció dentro de la capilla de Martinet, casi a oscuras, cuando decidí seguir el consejo de mosén Pedro y escribir este relato. Aquel día, por primera vez, conseguí dormir con la ventana cerrada. Ya no sentía miedo.

Es magnífico trepar a lo alto de la montaña y contemplar los valles. Es una experiencia impagable estar junto a Paco y no tener que hablar. Él sabe que sus ovejas darán lana, leche y carne. Todos formamos parte de este mundo que nos emperramos en destruir. ¡Menos mal que la naturaleza es más inteligente que nosotros! Y al final acaba venciendo ella y nosotros aprendemos que la vida es sagrada y que el odio representa la antesala de la derrota, porque quien odia acaba vencido.

Sólo espero que el mundo, este mundo que he dejado fuera, que he olvidado y que casi había rechazado, encerrándome en estas montañas y rodeándome de odio y de afán de venganza, haya cambiado y haya aprendido de los grandes errores que hemos cometido.

Así lo espero y así lo deseo de todo corazón. Y sobretodo deseo que todos juntos dejemos de tener miedo y empecemos a vivir. Únicamente pediría que, cuando me llegue el instante final, sea consciente y pueda gritar: he vivido. Si así es, habrá valido la pena vivir todo lo que he vivido y, tal vez, muera con una sonrisa en los labios. Entonces será la señal que indicará a todos que he perdido el miedo.

EPÍLOGO

A comienzos de noviembre, a aquellas alturas de los Pirineos, el termómetro desciende. El doctor Salvador Alzina se quitó los lentes y se frotó los ojos. Un médico, a lo largo de su vida profesional, ha de enfrentarse a múltiples y variadas situaciones, muchas de ellas duras; un médico, con uno poco de experiencia, ha visto muchas cosas; y un médico, que ha hablado con muchos pacientes, conoce detalles del alma humana que deberían cubrirle de una capa que le permitiese caminar por la vida contemplando, sin involucrarse. Por lo menos, eso es el que él creía antes de leer el relato de Günter Psarris.

Se puso en pie lentamente y entró en la cabaña, depositó el manuscrito sobre la mesa y se sentó en la silla, junto al cuerpo de Guimu, del pastor de Martinet.

No dijo nada, no pensaba. Simplemente oraba. Hacía años y más años que no recordaba que Dios existe. La pregunta era: ¿Qué Dios existe? O, mejor dicho: ¿Cómo es Dios? O mejor aún: ¿A quién pertenece Dios? Porque la historia demuestra que todos padecemos la osadía de creer que nuestro dios es el bueno, que nuestra creencia es la verdadera, que nuestra cultura es superior, que nuestra lengua está por encima de las demás, que nosotros somos los escogidos y que somos los dueños de la tierra. Y Guimu había llegado a dominar su vida, porque logró vivir en paz y morir en paz. Como Paco y como Piu. Así reflexionaba el doctor Alzina.

No rogaba por Guimu. El pastor de Martinet no lo necesitaba. ¡Seguro! Rezaba por él mismo, por todos los doctores Alzina, por todos los Josep, por todas las María, por todos los Lluís y por todos los que aún no hemos sido capaces de ver personas dentro de las personas. Por todos los que hacemos distinción de colores, sin tener en cuenta que cuando hablamos de seres humanos deberíamos ser daltónicos, que los ojos fueron hechos para contemplar, para mirar, y no para comparar ni para juzgar.

Su padre luchó en el bando republicano, se exilió y regresó. Tenía razón Guimu. Las fronteras nos aprisionan, en lugar de concedernos la libertad. Europa camina hacia la unidad. Quizás porque hemos aprendido de la historia y sabemos que el mundo es uno y no una simple mezcla de razas, de religiones, de creencias, de formas y más formas de encerrarnos en nosotros mismos.

Suspiró largamente y tomó la mano del pastor que había muerto con una sonrisa en los labios.

—Gracias, Guimu —dijo.

Y en aquel preciso instante la luz que entraba por la puerta se oscureció. Se volvió y una sombra apareció recortada a contraluz.

—Aquí le tenéis. Éste es el nazi —oyó la voz de Lluís.

Dos mozos de escuadra entraron siguiendo a Lluís. Saludaron al doctor. Le conocían.

—¡Quién lo iba a decir! Guimu un nazi —dijo Josep.

El doctor se levantó de la silla, se dirigió a la mesa, tomó el manuscrito, lo entregó a Lluís y dijo:

—No era un nazi. Era un hombre extraordinario que tenía a Dios junto a él.

—Pero, ¿qué dices?

Salvador Alzina agarró el bastón que había junto a la puerta, salió al exterior y escribió en el suelo, en la tierra: «G.I.M.U.», mientras decía:

—*GOTT ITS MIT UNS*. Dios está con nosotros.

Lluís dirigió la mirada al suelo y repitió:

—*GOTT ITS MIT UNS*... ¡Guimu! —exclamó, de pronto—. De ahí le viene su nombre. ¡Porque era alemán!

—No —negó de nuevo el doctor Alzina. Miró a Lluís y sonrió—. Era un simple emigrante. Una persona que tenía muy claro que todos somos ciudadanos del mundo, que no hay razas ni colores ni creencias ni religiones ni ideologías ni culturas que estén por encima del ser humano, y que hemos de ayudarnos y no matarnos. Fue un hombre que respetaba la vida, a pesar de que acabó con las manos manchadas de sangre.

Y comenzó a caminar hacia el valle, mientras respiraba el aire del mediodía.

¡Guimu, descansa en paz!

OTRAS OBRAS DE ALBERT SALVADÓ

Si habéis disfrutado con la lectura, quizás os interese conocer otras obras de Albert Salvadó, todas también disponibles en formato de libro electrónico.

EL INFORME PHAETON
(EL DIARIO SECRETO DE NOÉ)

Durante una fiesta un escritor es abordado por un hombre que le habla de una sociedad secreta (CCU) que se dedica a la búsqueda del conocimiento, pero la llegada de una amiga le impide profundizar en el tema porque el hombre desaparece y nadie sabe quién es. Poco después recibe en su casa una nota que le indica dónde puede encontrar información sobre CCU.

La aparición del señor Contacto (nombre con que se hace llamar su misterioso informador) da un vuelco a toda su vida y, en su búsqueda de antiguas leyendas, hace un descubrimiento más que sorprendente: es muy posible que el Diluvio Universal no fuese obra de Dios, sino que lo provocásemos nosotros mismos.

Esta apasionante historia habla del ser humano, de todos nosotros, de lo que sucedió y de lo que puede suceder. Nos muestra cómo es muy probable que todo cuanto nos han enseñado sobre nuestra historia, la de nuestros padres y abuelos no sea toda la verdad, sino que se nos ha ocultado que en tiempos pasados se nos cambió parte de nuestros genes para eliminar de nuestra mente la libertad.

El informe Phaeton, a través de un relato lleno de misterio, da una explicación alternativa a todo lo que nos han contado, mueve nuestro interior y abre las puertas de nuestra curiosidad a un mundo fascinante en el que se demuestra que lo que conocemos es una ínfima parte de nuestra realidad.

LA GRAN CONCUBINA DE EGIPTO

Obra ganadora del IX Premio Néstor Luján de Novela Histórica (2005)

En el año 1100 antes de Jesucristo gobierna el faraón Ramsés XI, los caminos no son seguros, los comerciantes están asustados, las naciones vecinas no respetan a Egipto, la nación se rompe... Herihor, general del ejército del faraón, viaja a Tebas para salvar el imperio de las garras de Penehasy, usurpador nubio. Tras la gran victoria, recibe una revelación de los dioses y ocupa el puesto de Sumo Sacerdote. Él será el primer miembro de una nueva dinastía: la dinastía de los sacerdotes. Y pacta con el otro gran general, Smendes, que Ramsés XI continuará siendo el faraón, pero ahora habrá dos reyes: Smendes reinará en el norte y Herihor reinará en el sur. Ellos pactan la división de poderes y toman todas las decisiones. Sin embargo, la muerte de Herihor se convierte en un misterio que amenaza con desencadenar la peor de todas las crisis. Su cuerpo ha desaparecido y si no pueden enterrarlo su sucesor no puede acceder al trono, con lo que Ramsés puede reclamar de nuevo el reino de Tebas. ¿Dónde está el cuerpo de Herihor?, se preguntan todos y el misterio crece,mientras su esposa Nodyme, la Gran Concubina de Egipto, mueve los hilos con una sutileza digna del mejor de los gobernantes y decide por encima de todos.

EL ENIGMA DE CONSTANTINO EL GRANDE

El emperador Constantino el Grande es una de las figuras más impresionantes y controvertidas de la historia universal.

Sus decisiones son un verdadero enigma que esta obra desvela magistralmente. Su vida es un sinfín de luchas y conquistas, amistades y odios, amores y desamores, grandezas y miserias, noblezas y crímenes, engaños y traiciones. Y él, desde la humildad del hombre que se enfrenta a su muerte, hace balance de todo.

Fue el último de los grandes emperadores. Hijo bastardo de Constancio Cloro, reunificó el Imperio romano por última vez, concedió la libertad a los cristianos, creó el primer ejército móvil, instituyó la moneda única (el Solidus, verdadero precursor del Euro), fundó Constantinopla, asesinó con sus propias manos... y vivió un gran amor con Minervina, su primera esposa.

Sumergirse en la vida de Constantino es revivir una época increíble y descubrir el gran misterio de sus decisiones, aparentemente absurdas y contradictorias y, a pesar de todo, cargadas de una lógica sorprendente e implacable que Albert Salvadó nos dibuja con pulso firme y mano maestra. Una obra que jamás se olvida y que mereció ser finalista en el I Premio Néstor Luján de Novela Histórica.

EL ANILLO DE ATILA

Obra ganadora del Premio Fiter i Rossell del Círculo de las Artes y las Letras.

En pleno siglo V, Constantinopla y Roma contemplan con preocupación cómo todas las tierras entre el Rin, el Danuvio, el Volga y el mar Báltico rinden homenaje y pleitesía al nuevo emperador de los hunos, como se hace llamar Atila.

Y la preocupación se convierte en pánico cuando empieza a circular la leyenda que habla de un hombre que está por encima de los demás mortales, porque ha recibido de manos de los dioses la espada de Marte.

Severo Antonio Braulio Teodosio, general, embajador y senador, vivirá una vida entera para descubrir que somos los hombres que levantamos los imperios y, también somos nosotros, quienes los hundimos.

Mientras, todo el Imperio cae a su alrededor, él, desde su villa de Tarraco, relata a su amigo Pablo Orosio, que escribió la historia de aquellos días, sus recuerdos, los de una época increíble, en la que la aparición de un hombre irrepetible, el gran Atila, se unió a otra figura que marcó el final absoluto del Imperio Romano de Occidente: Gala Placidia. Nieta, hija, hermanastra, esposa y madre de emperadores, se sentó durante treinta años en la silla imperial.

El gran Severo, espectador privilegiado por los cargos que ocupó, grita: ¡Nunca, en toda la historia, hubo una mujer tan predestinada! Y relata con todos los pormenores cómo Gala Placidia enfrentó a los mejores generales de Roma entre sí, impulsó a Atila a atacar un Imperio debilitado y ahogado por la corrupción, la traición, la codicia y el vicio, y dejó en el trono a su hijo Valentiniano, un verdadero monstruo.

El resultado no podía ser otro, y la historia ha hecho justicia.

EL MAESTRO DE KEOPS

Obra ganadora del PREMIO NÉSTOR LUJÁN DE NOVELA HISTÓRICA.

Esta es la historia de la época del faraón Snefrú y la reina Heteferes, padres de Keops, el constructor de la mayor y más impresionante de las pirámides. También es la historia de Sedum, un esclavo que llegó a ser el maestro de Keops, del sumo sacerdote Ramosi y del nacimiento de la primera pirámide.

Sebekhotep, el gran sabio de aquellos tiempos, decía: «Todo está escrito en las estrellas. La mayor parte de nosotros vivimos sin ser conscientes de ello; algunos son capaces de leer en ellas y ver el destino; pero muy pocos aprenden a escribir sobre ellas y pueden cambiar el destino».

Ramosi y Sedum aprendieron a escribir e intentaron cambiar sus destinos, pero su suerte fue muy desigual. He aquí el relato del enfrentamiento de dos inteligencias: una luchaba por el poder y la otra por la libertad.

EL PUÑAL DEL SARRACENO
(Primera parte de la trilogía de JAIME I EL CONQUISTADOR)

Sin duda alguna, la trilogía de de JAIME I EL CONQUISTADOR es una de las obras cumbre de Albert Salvadó. Estuvo durante más de cuatro meses en las listas de los más vendidos. Se han vendido en formato impreso más de 70.000 trilogías.

EL PUÑAL DEL SARRACENO es la primer aparte de esta trilogía y abarca los primeros 20 años del monarca que se sentó en el trono durante más de 60 años.

Ser hijo de rey no es sinónimo de nacer predestinado, y LA HISTORIA DE JAIME I, llamado EL CONQUISTADOR, constituye la prueba más evidente. A la tierna edad de tres años era un prisionero, pero un hombre con una voluntad de hierro es capaz de cambiar el futuro y convertirse en el rey más grande de su tiempo. Pocos reinados han sido tan largos como el suyo. ¡Más de sesenta años en el trono! Sin embargo para llegar hay que luchar. Y no tan solo en el campo de batalla. Jaime tuvo que escalar los peldaños que conducen al trono, y para hacerlo, antes tuvo que recibir la enseñanza que se adquiere en la Escuela de los Sonidos y que sólo podría otorgarle Luís de Estemariu, un caballero templario proscrito.

LA REINA HÚNGARA
(Segunda parte de la Trilogía de JAIME I EL CONQUISTADOR)

LA REINA HÚNGARA es la segunda parte de la trilogía de JAIME I EL CONQUISTADOR, una de las obras cumbres de Albert Salvadó. Ha estado más de cuatro meses en las listas de los más vendidos.

Jaime ya es rey. Ha conseguido escalar los peldaños que ascienden hasta el trono, ha pacificado ARAGÓN y CATALUÑA y se ha sentado en lo más alto del poder. Ahora llega el momento de contemplar el horizonte e iniciar las grandes conquistas. MALLORCA y VALENCIA le aguardan.

Y aparece también con toda fuerza de la pasión, su conquista más importante, Violante de Hungría, LA REINA HÚNGARA, una de las historias de amor más tiernas y, al mismo tiempo, más turbulenta. Entre plazas, castillos y luchas internas con los nobles, caen las murallas y los corazones. Y en medio se alza Violante, LA REINA HÚNGARA. Sin duda es la etapa más apasionante y más apasionada de JAIME I EL CONQUISTADOR.

HABLAD O MATADME
(Tercera parte de la trilogía de JAIME I EL CONQUISTADOR)

HABLAD O MATADME es la tercera y última entrega de la trilogía de JAIME I EL CONQUISTADOR, la gran aventura en la Europa del siglo XIII, una de las obras cumbre de Albert Salvadó, sin duda alguna. Más de cuatro meses en las listas de los más vendidos.

El rey Jaime ya ha conquistado Mallorca y Valencia, pero sus enemigos son cada vez más poderosos. Ahora se enfrenta a la Iglesia, a las envidias e intrigas de los nobles y a las luchas de sus hijos por conquistar el poder. Los reinos de Castilla y León se enfrentan con Aragón y Cataluña y hay revueltas y sublevaciones en la Corona.

En esta tercera parte, Jaime I el Conquistador, el rey que conquistó tierras y corazones, nos ofrece su legado ideológico y en ella descubriremos el desenlace de la trilogía y cómo utilizar la última vocal de la Escuela de los Sonidos, la que Luís de Estemariu, el caballero proscrito, no pudo enseñarle y que abre la puerta del espíritu.